真の仲間じゃないと勇者のパーティーを追い出されたので、辺境でスローライフすることにしました7

Banished from the brave man's group, I decided to lead a slow life in the back country.7

ざっぽん

illust.やすも

レッド
「俺は二度と会いたくなかったがな」

レオノール
「あなたに恋い焦がれた女性がいるというのに、
それはあまりに酷いお言葉ですわ」

CONTENTS

Illustration：やすも
Design Work：伸童舎

真の仲間じゃないと勇者のパーティーを追い出されたので、辺境でスローライフすることにしました7

ざっぽん

角川スニーカー文庫

22234

Illustration：やすも
Design Work：伸童舎

CHARACTER

レッド
（ギデオン・ラグナソン）

勇者パーティーを追い出されたので、辺境でスローライフをすることに。数多くの武功をあげており、ルーティを除けば人類最強クラスの剣士。

リット
（リーズレット・オブ・ロガーヴィア）

ロガーヴィア公国のお姫様。ツン期の終わった幸せいっぱいの元ツンデレ。

ルーティ・ラグナソン

人類最強の加護『勇者』をその身に宿すレッドの妹。加護の衝動から解放され、ゾルタンで薬草農家と冒険者を兼業し、楽しく暮らしている。

ティセ・ガーランド

『アサシン』の加護を持つ少女。暗殺者ギルドの精鋭暗殺者だが、今は休業してルーティと一緒に薬草農園の開業準備中。

ヤランドララ

植物を操る『木の歌い手』のハイエルフ。70年ほど前はリリンララとライバル関係だった。

レオノール・オブ・ヴェロニア

ヴェロニア王国第２王妃。錬金術で外見は少女の姿をしている。ミストームを追放しレッドとも因縁のある悪女。

ミストーム

『アークメイジ』の加護を持つお婆さん。その正体はヴェロニア王国から追放されたミスフィア王妃。

リリンララ

『海賊』の加護を持つハイエルフ。ヴェロニア王国海軍元帥であり、元妖精海賊団船長。ミスフィア王妃を捜しにゾルタンへやってきた。

プロローグ　それでも世界は勇者を必要としていました

アヴァロン大陸南部の沿岸を進むのは、貨物帆船ブラウンアウル号。

大陸西部で魔王軍と戦う連合軍へと物資を運ぶはずの船だった。

だがその任務が果たされることはない。

甲板には全身に矢を浴び、血を流して倒れている船員達の死体が転がり、その中をカットラスを腰にぶら下げた男達が船員達の死体から金目のものを剝《は》ぎ取っている。

ブラウンアウル号の周りには海賊旗を掲げるガレー船が3隻。

この船は襲撃されたのだ。

積み荷を守るため、船長のホーレス卿《きょう》はロングソードを構えて襲撃者達の前に立ちはだかった。

「海賊どもめ！　魔王軍と戦う兵士達のための物資を狙うとは恥を知れ！」

言葉を聞いて、襲撃者の男はニヤニヤと笑う。

「はー、さすがはアヴァロニアの騎士様は言うことが違うネ。そこは、命だけは助けてくださいって命《いのち》乞《ご》いするところだろう」

「誇りを持たぬ海賊が！　成敗してくれる！　剣を抜け！」

ホーレス卿が激昂《げっこう》して飛びかかる、そこへ海賊の背後から無数の矢が放たれた。

ホーレス卿は矢を全身に浴び、血を吹き出しながら倒れた。

「フフン、この状況でまともに戦ってやるわけないだろう」

襲撃者はうめき声を上げながら死にゆくホーレス卿を踏みつけて進む。

「ヴェ、ヴェロニアめ……」

ホーレス卿のかすれ声を聞いて海賊は声を出して笑った。

「そいつを認めちまったら困るのはあんたらだろ？　魔王軍と戦争している最中、ヴェロニアと戦争するわけにもいかないもんな！　こいつは楽な商売だ」

海賊はそう言ってホーレス卿の反応をうかがった、だが。

「ありゃ、もう死んでらぁ」

つまらなそうに肩をすくめる。

「んじゃ、てめぇら！　とっとと積み荷を運びやがれ！」

「ヒャッハー！」

ヴェロニア王国に雇われた海賊達は、魔王軍から人々を守るはずだった物品を次々に運び出していった。

ヴェロニア王国の海賊行為に対し、連合軍は護衛の軍艦を増やすことで対応しているが、相手はアヴァロン大陸一の海軍戦力と造船技術を保有する国家だ。

犠牲になる船は多かった。

犠牲が増えていることで、各国の貴族や大司教からもヴェロニア王国に対する義憤が高まっている。

もはや人類同士の戦争は時間の問題であり、軍の上層部にも打つ手がない状況だ。

この問題を解決できるのは、どの国にも属さず世界のためだけに戦う英雄。

世界は『勇者』を必要としていた。

第一章　今日は雨、明日はお風呂

ゾルタン下町。レッド＆リット薬草店。

「あちゃあ、ひどい雨だな」

俺は窓を叩《たた》く雨を見て声を上げた。

今日は店休日。俺とリットは、２人でピクニックに行こうと準備をしていたのだがこの雨では諦《あきら》めるしかなさそうだ。

「むー」

リットは悔しそうに窓から見える黒い空を見上げている。

「諦めようリット。天候には勝てないさ」

「私にヤランドララくらいの魔法があれば！」

「ヤランドララは滅多《めった》なことで天候操作の魔法は使わないよ」

植物に影響がでるのを嫌ってヤランドララは天候操作をやりたがらない。

アレスもある程度は天候操作できるようだが……天候操作の魔法を安易に使うなとヤラ

ンドララはアレスと喧嘩《けんか》になったこともある。

その時は俺が仲裁したのだが……いやもうこの2人の喧嘩は本当勘弁して欲しい。

いつもは喧嘩騒動を起こす側のダナンが「いやこいつら周りの迷惑考えろよ」とドン引きするくらいの大喧嘩になったのだ。

「なんか眉間《みけん》にシワが寄ってるよ」

リットが俺の顔へ手をのばすと、こめかみの辺りをぐにぐにとマッサージし始めた。

「リラックス、リラックス」

「ありがとうリット、もう大丈夫だよ」

リットは「えへへ」と笑った。

大変だった旅も、この笑顔に続いていたと思えば何でも許せる気がする。

俺はリットが愛《いと》おしくなり、両腕でぎゅっと抱きしめたいという衝動に駆られた。

なので、ぎゅっと抱きしめることにした。

「わっ⁉　急にどうしたの？」

「急にリットのことを抱きしめたくなった」

リットもお返しとばかりに両腕でしっかりと俺の身体を抱きしめた。

雨の音を聞きながら、俺達はしばらくの間抱きしめ合っていたのだった。

「それで今日はどこへいこうか」

お互いちょっと汗ばむくらい抱き合った後でリットはそう言った。

「どこって、雨は止みそうにないぞ？」

窓を見れば、全く勢いの衰える様子のない雨が降り続いている。

リットは腕を組んで「むー」と唸《うな》った。

関係ないけど、リットは腕を組むと胸の存在感がとても良い感じになる。

「すぐには思いつかないけど、雨に負けてレッドとのデートを諦めるのは悔しい！」

どうやら今日のリットは負けたくない気分のようだ。

リットは店の中をうろうろしながら考え込んでいた。

その様子を微笑ましく眺めながら、俺も一緒になって今日リットとどう過ごすかを考える。窓の外に目を向けると、雨の中を下町の子供が数人ふざけ合いながら歩いていた。

「そうだ」

歩いていた子供のうちの2人を見て、俺は手を打った。

「今日は一緒に散歩しよう」

＊　＊　＊

冬の終わりを告げる雨は冷たく、ほっと吐いた息は白くなって雨に溶けていった。

「寒いのもあと数日かなぁ、去年は雨が降り出してから段々気温が上がっていったし」

「うん」

「この懐炉も、もう売れなくなるか。新しい商品として春らしい何かを考えないとな」

「うん」

リットはさっきから赤くなってうつむいている。

緩んだ口元をバンダナで隠し、時折ちらちらと俺を横目に見ていた。

「それにしても、リットが雨傘を持っていてくれて良かったよ」

俺はそう言って笑った。

俺とリットは雨の中を散歩している。

俺もリットも雨用のコートは身につけておらず普段着のままだ。

その代わり、俺の左手には大きな雨傘が握られていた。

雨具としての傘は、あまり一般的ではない。

蝋《ろう》を塗った丈夫な布で作られたこの傘は、基本的に貴族が従者にもたせるために使われる。

「うん、傘にこんな幸せな使い方があっただなんて」

リットは照れながらも嬉《うれ》しそうに呟《つぶや》いた。

俺とリットは１つの傘の下、腕を組み身体を寄せ合い歩いている。

さっき走っていた子供が大きな葉っぱを雨よけにしていて、その下に2人が身体をくっつけて入っていたのを見て、俺もやってみたくなったのだ。

それにしても。

こうして歩くのは確かにちょっと照れるけれど、今日のリットはやたら照れている気がする。リットから話しかけてくることもなく、俺から話しかけても会話が続かない。

でも全身から楽しいというオーラを放っていた。

「あー、リット、どこかお店に入って休憩するか？」

「もうちょっと一緒に歩きたいな」

「分かった」

やはり傘を気に入っているらしい。

もちろん俺も気に入っている。

こうして冷たい雨の中を歩いていると、触れ合う身体からリットのぬくもりが伝わってくるのがはっきりと分かった。土砂降りの雨なので俺達の歩みは自然と遅くなる。

いつもの道を、いつもの半分くらいの速さでのんびりと歩き続けた。

リットはぐっと俺に身体を寄せる。

「ふふふ……幸せだなぁ、私って本当に幸せなの。こうしてレッドと一緒に雨の中を歩くなんて、なんて幸せなんだろうって。ああもう、レッドのこういうとこずるいなぁ。大好き」

「うぐ」

照れて喋《しゃべ》らなくなってたと思ったら、いきなり猛攻撃してきたなこの子。

これは会心の一撃でありクリティカルヒットである。

リットが支えてくれなかったら、膝から崩れ落ちていたことだろう。

なるほどなぁ、幸せな気分になるとあんまり喋れなくなるわけだ。

俺も喋らなくなり、2人でただ歩く。雨音と2人の時間を感じることだけで十分だった。

＊　　＊　　＊

翌日、朝。

夜まで降っていた雨も上がって、きれいな青空が広がっている。

俺は店のことはリットに任せ、ルーティの薬草農園に来ていた。

「ふぅ」

俺はタオルで首筋の汗を拭いた。

今は冬だが、ガラス張りの温室中で作業をしていると結構汗をかく。

「お兄ちゃん、こっちは終わった。次は何をすればいい？」

作業を終えたルーティが戻ってきたようだ。土で頬が汚れていたので、タオルで拭いてあげる。

「ん」

ルーティは目を細めて嬉しそうに微笑んだ。

「お疲れ様。あとはここの区画だけだな。これでコールド《冷気》モルド《カビ》は完全に駆除できたと思う」

「良かった」

ルーティの農園を襲ったコールドモルドの対処もこれで一段落だ。

土の中も調べてみたが、目に見えるようなコールドモルドはもういなかった。

萎《しお》れていた薬草達は元気を取り戻し緑色の若葉を揺らしている。

「よし、じゃあ残りを終わらせるか」

「うん、私は反対側からやるね」

「２人でやれば、あと15分くらいだな」

「頑張る」

グッと胸の前で両手を握りしめ、ルーティはやる気に溢《あふ》れた様子で反対側へと走っていった。

微笑ましい。俺も頑張らないと。

＊　　＊　　＊

俺達は作業を終えると、温室から外へ出た。

「寒いな」

俺はポツリと言った。冬の短いゾルタンで冬至は過ぎたが、まだまだ外は肌寒い。

温室での作業で汗をかいていたからなおさらだ。

「お兄ちゃん、私の家のお風呂《ふろ》はとても立派。寒い日は遊びに来てくれていいよ」

「お風呂か」

そんなことを話しながら、俺達は農園の側にある真新しい倉庫へと向かう。

この倉庫は昨日完成したばかり。中には棚の設置された倉庫の他に、ストーブ付きの小さなキッチンと休憩スペース、洗面所が備えられていた。

「ルーティ様、レッドさん、お疲れ様です」

中ではティセが書類仕事をしていた。

「ティセもお疲れ様」

ティセは立ち上がると、ストーブの上で温めていたお湯をコップに注いでくれた。

「温かい」

ルーティはフワリと笑う。体が冷えている時はシンプルな白湯《さゆ》もいいものだ。

「コールドモルドの件はこれで解決ですか？」

「ああ、もう大丈夫だ」

ティセは安心したように笑っている。

その時、コンコンとノックの音がした。扉のある倉庫部屋と休憩スペースの間に壁はない。

立ち上がればすぐに扉へと向かうことができた。

「はい」

俺が扉を開けると。

「へぇ、こんな小洒落《こじゃれ》たもん作ってたのかい」

「ミストームさん」

そこに立っていたのはゾルタン前市長にして、先代Bランク冒険者。

そしてヴェロニア王妃でもあった『アークメイジ』ミストームさんだった。

「お邪魔していいかい？」

「どうぞ」

後ろでルーティが答えた。

俺はミストームさんを椅子へと案内する。

「よいしょっと、はぁ寒い日は腰がどうも調子悪くてねぇ」

「〝世界の果ての壁〟を登った人の言葉じゃ説得力がないな」

「あれは若い友人に見栄《みえ》をはりたかったんだよ」

ミストームさんはそう言ってカラカラと笑うと、表情を真面目なものに変えた。

「中央の教会から連絡が届いたよ」

「随分早いな。戦時体制で連絡網を強化しているとは聞いていたけど」

「ラストウォール大聖砦《だいせいじょう》のクレメンス教父までは届いてないようだね。こいつはアヴァロニアの教会からだ」

ミストームさんは封の開かれた封筒を俺に手渡した。

俺はルーティ、ティセと一緒に中身を広げて読む。

「なになに……ヴェロニア王国の横暴許しがたく、また神を裏切り魔王に味方するかの国にはもはや神の愛と救い届かぬものと知る。我ら神の忠実な下僕である枢機卿団《すうききょうだん》はヴェロニア王ゲイゼリクを至高神デミスの敵と認定することをクレメンス教父に進言する。心安らかに待ち給え。神の愛が共にあらんことを……か」

「予想外」

ルーティは渋い顔をしている。俺も思わず歯を噛《か》み締《し》めた。

ヴェロニア王国のサリウス王子とハイエルフの将軍リリンララの率いるガレー船は、今もゾルタン付近の洋上に停泊している。

　ルーティを捕らえようとしたハイエルフの刺客を捕らえ、ミストームさんを狙った暗殺者達を返り討ちにしてなにか動きがあるかと思ったが、今の所状況は膠着《こうちゃく》したままだ。

「教会には情報収集と圧力を期待してたんだけど、こちらから開戦はやりすぎだ。ゾルタンだけの戦いじゃ収まらない」

「そうですね、魔王軍と戦っている最中、さらに戦う先を増やす余裕なんてあるはずがありません」

　俺とティセの言葉に、ミストームさんは頷《うなず》いた。

「なるほど、私はゾルタンに来てから長いから中央の様子には疎くてね。でもあんたらから見てもこれは無謀だと思うようだね」

「無謀だな。一部の枢機卿の暴走だと思うが、もし教会が煽《あお》れば貴族や民衆を抑えられなくなる」

「困ったねぇ」

　ミストームさんはため息を吐いた。

「シエン司教に行ってもらうしかない」

　じっと考え込んでいたルーティがそう言い切った。

「当事者であるゾルタン教会のシエン司教が説得すれば枢機卿も大義名分を失う」

「シエンのやつはゾルタンから離れるのは嫌だろうけど、やってもらう他ないねぇ」

「それに静観を選んだ教会から圧力を引き出すより、戦争を思いとどまらせ圧力をかけるだけにしてもらうほうが可能性は高い」

ルーティは声を明るくして……その微妙な口調の違いは俺とティセにしか分からないのだが……そう言った。

「確かに、ものは考えようか」

ミストームさんは何度も頷いている。

「ありがとう。さすがだね、やっぱり相談して良かったよ」

お礼を言った後、ミストームさんは懐からまた何かを取り出す。

テーブルに置かれたそれは一冊の本だった。

「これは？」

「倉庫を探してみたら昔の日誌が見つかったんだ。暗黒大陸のことに興味ありそうだから持ってきたんだよ」

「暗黒大陸での航海日誌か!?」

「世話になっている礼だよ、暇つぶしにでもなればいいが」

「とんでもない！　興味深いよ！」

「喜んでくれて何より。じゃ、私はシエンのやつのところへ行ってくるとするよ」

そう言って、ミストームさんは倉庫から出ていった。

「興味深いな、あとで一緒に読むか？」

「うん読む……でも」

ルーティが小さくつぶやいた。その聡明《そうめい》な赤い瞳を俺に向け、コクリとうなずく。

「まずは汚れた身体を綺麗《きれい》にするべき」

「ん、確かに結構土で汚れてるな」

「お兄ちゃん、今からお風呂に行こう」

ルーティの瞳は真剣だった。

*　*　*

ルーティが住んでいる屋敷には浴場が設置されている。

もちろん俺の家のお風呂とは比べ物にならないほど大きなものだ。

「お兄ちゃん、先に入っていいよ」

「いや、ルーティが先に入りなよ。汚れたままだと居心地悪いだろ？」

「私は時間がかかるから、お兄ちゃんが先に入った方が効率いい」

「そうだなぁ、分かった」

ルーティがそこまで言うのなら、素直に入らせてもらうことにしようか。

俺はルーティに向かって頷くと、立ち上がり風呂へと向かった。

服を脱いで扉を開ける。

「ほぉ岩の湯船か」

ルーティの住んでいる屋敷は、もともとゾルタンの貴族の屋敷だったものだ。

ゾルタンの貴族は、自分の領地……といっても村や集落、中にはほとんど手付かずの湿原だけといったささやかな土地だが、そこには住まず、このゾルタンの町に住んでいる。

自分の領地には親戚か雇った者を代官として駐在させ、その者に領地運営の権限を委託しているのだ。俺は椅子に座ると、瓶の中に入ったお湯を桶《おけ》ですくい、汗と泥を流す。

それからタオルで石鹸《せっけん》を泡立て、身体を洗っていく。

「ふぅ」

作業で汚れた身体を洗うのは気持ちがいい。

「ふんふーん♪」

思わず鼻歌が漏れる。

ガラッ。

引き戸が開く音がした。

そこには一糸纏《まと》わぬ姿で、身体を隠そうともせず堂々と立つルーティの姿があった。

「る、ルーティ、どうした？」

「？」

慌てる俺にルーティが首を傾げる。

「お風呂入るって言ったよ」

確かに先程の会話を思い返してみれば、ルーティは一度も別々に入るとは言っていない。

俺が悩んでいる間に、ルーティは頭からお湯を被《かぶ》ると、ぶるりと身体を震わせ水気を払った。

その仕草がネコを思い起こさせて、俺はほっこりしてしまった。

んー、いいのかなぁこのまま一緒にお風呂入って。大丈夫か、兄妹《きょうだい》だし。

俺が悩むのを止め、現状を受け入れたところでルーティが声を掛けてきた。

「お兄ちゃん」

「どうした？　ああ、石鹸か？」

「ううん違う」

ルーティは強い意志の宿った赤い瞳で俺を見つめる。

な、なんだ？

最近はルーティもしっかり自己主張するようになって喜んでいたところだが、今日のルーティは一味違う。

「お兄ちゃん」

「う、うん」

「昔、一緒にお風呂《ふろ》に入っていた頃のこと、憶《おぼ》えてる？」

「もちろん、あの頃のルーティは小さかったな」

故郷の村の鐘風呂のことだな。

村の教会で使われていた壊れた鐘を、村の鍛冶屋《かじや》が修理して共同浴場としたものだ。とはいっても鐘は大人がゆったり入れるようなサイズではないため、もっぱら子供用のお風呂だった。

普通は親が付き添うのだが、幼い頃のルーティは、『勇者』の加護の特異さのせいで、親からも気味悪がられていたから俺がルーティを抱えてお風呂に入れていたのだ。

ルーティは俺の肩にしがみつきながら、お風呂を楽しんでいたな。

あの頃のルーティも可愛かったなぁ。もちろん、今が一番可愛いけど。

「私はゾルタンに来て、たくさん自分のやりたかったことをやった……ワガママかな？」

「いいことだよ。人は誰だって、自分のやりたい事、望んでいることを叶《かな》えようとする権利がある。ルーティの普通に暮らしたいってワガママなんてささやかなものだ。いくらでも言っていい」

「そう……ありがとう。それでね、もう1つワガママ言いたい」

お風呂で？

「昔は小さかったから上手《うま》く出来なかった。でも今ならしっかりできると思う」

今度は俺が首を傾げた。

ルーティはグッと俺に顔を近づける。ルーティの赤い瞳が俺の視界に広がった。

「私、今ならちゃんとお兄ちゃんの身体を洗える」

「へ？」

「あの頃は、力も無かったし、どう洗えば綺麗になるのかも分からなかった。洗えていたのは背中とか広い部分だけで、全然ダメだった」

ああ、そういえばそんな感じだったな。

あの頃、俺がルーティの身体を洗っていたのだが、そのうちルーティが俺を真似して、お返しにと俺の身体を洗おうとしてきたのだ。

確かに上手く洗えていたとは言い難い。だがちっちゃい手で、一生懸命頑張っているルーティの姿が可愛くて、何だかんだ大変なことも多かった俺の子供時代の貴重な癒《いや》しになっていた。

「だからリベンジしたい」

ルーティには上手く出来なかったというのが心残りだったのか。

「分かった、それじゃあ、お願いしようかな」

「うん、あっち向いて」

俺は言われたとおりにルーティに背中を向けた。

ルーティはスポンジで俺の背中から洗い始めた。

「ん……」

人から身体を洗ってもらうのは、なんとも言えない心地よさがある。

やはりぎこちない様子ではあるが、ルーティは脇の下や指先まで一生懸命に洗ってくれている。

「くふっ」

ルーティの指が脇腹を撫《な》でた時に、くすぐったくって俺は思わず声を漏らした。

ルーティは少し慌てた様子で手を離す。

「くすぐったかった？」

「ああ、大丈夫だ」

「むぅ」

ルーティは自分の手を見つめて、首を傾げている。

スポンジを自分の脇腹に当てたりして、どう洗えば良かったのか考えているようだ。それがまた可愛い。何度か確認したあと、小さく頷くと、ルーティはまた俺の身体を洗う作業に戻った。

普段の超人さと、こういうちょっと抜けている部分のギャップが、なんとも兄心をくすぐるというか。つまり可愛いのだ。

「ふ、ふふ……」

「？」

耐えられず笑いだした俺を見て、ルーティはまたくすぐったかったのかと思ったのか、手を止める。

だが、俺の表情を見て、それが嬉しさからこみ上げたものだと伝わったのだろう。ルーティは口元に笑みを浮かべ、泡立てた石鹸とタオルで俺の体を洗っていった。

体を洗い終え、俺達は湯船に肩まで浸《つ》かる。ルーティは表情をとろけさせ、ため息を漏らした。

アヴァロン大陸に住む人々の多くが愛し堪能しているこの瞬間を、ルーティも当たり前に堪能していることがすごく嬉しい。

「あったかいね」

「お風呂だからな」

ルーティの屋敷の風呂は大きい。だけど俺達は肩をくっつけて並んでいた。

「こんな風に、またお兄ちゃんと一緒にお風呂に入れる日が来るとは思わなかった」

ルーティは目をつむり、微笑を浮かべて言った。

「ゾルタンでの生活はどうだ？」

「幸せ」

ルーティの声は穏やかだ。それは旅をしていた頃では考えられないモノだった。

「お兄ちゃんといつでも会えて、寒い時は寒いって言えて、お風呂で温まる気持ちよさに浸れて、お兄ちゃんの作る美味《おい》しい料理を食べられて、大切な友達もできた。とても優しくて強くて頼りになるティセとうげうげさん。剣を握るのは私が大切にしている小さな世界を守るため、私が私の意志で戦うときだけ。頑張れば普通の冒険者として感謝され、私を見ても誰も怖がらない。夜は眠り、朝日と共に起きて、汗だって流せる。それにねお兄ちゃん」

ルーティは俺に顔を近づける。その赤い瞳にうっすらと涙が浮かんだ。

「私の薬草が萎《しお》れているのを見てね。私、怖かったの」

そう言った途端、ルーティの両目から涙が溢《あふ》れた。

「これがホッとするって感情なんだね！」

生まれた時から恐怖という感情を奪われていたルーティは、薬草が無事だった嬉しさを噛み締めていた。その震える声には鮮やかな感情が確かにあった。

「薬草達が無事で良かったな」

「うん！」

その顔を見てあらためて思う。ルーティの力になれて、本当に良かった。

＊　＊　＊

お風呂から上がり、俺は屋敷のロビーで２人分のコーヒー牛乳を作っていた。

濃いめに作ったコーヒーにたっぷりの砂糖を入れる。

それを牛乳に混ぜるだけ。割合は牛乳４にコーヒーシロップ１が俺の好みだ。

簡単だが甘くコクがあって美味しい。特にお風呂上がりには最高の飲み物の１つではないだろうか。

ルーティはコーヒー牛乳を一口飲み、目を輝かせると半分まで一気に飲み干す。残り半分は惜しむようにちびちびと。小さい頃と変わらない。

「おかわりは要るか？」

「うん」

ルーティの取り戻した幸せは、一緒にいる俺にとっても幸せだ。

俺達は２人笑い声を上げながら一緒にコーヒー牛乳を飲んだ。

「うん、お兄ちゃん分は補給できた」

「お兄ちゃん分？」

「『勇者』を辞めた私が頑張るために必要な成分。『勇者』と違って悪いものじゃない」

よく分からないが、ルーティがやる気になっているのだからきっと良いことなのだろう。

「そういえばこの屋敷の地下に捕らえているハイエルフ達はそのままか」

「うん」

「俺達のことを調べている気配はあったし、屋敷を空けている間に取り返しに来ると思ったんだけどなぁ」

ルーティも頷《うなず》いた。

「取り返されるのならそれでも良かったんだが」

それならそれで、相手に動きが起こるだろう。すでにこちらの情報収集は終わっているので、相手に動きがあるのは歓迎だった。

「あとやはりルーティの住んでいる屋敷に別の男がいるってのは落ち着かないな」

「……そう」

ルーティは少しうつむき口元を緩めている。

笑われてしまった、今のはちょっとだけ過保護っぽかったかな？

ルーティは緩んだ表情を戻すと言葉を続けた。

「大丈夫、教会の暴走という不安要素はあるけれど、でもゾルタンの状況は悪くない、交渉はこちらがずっと有利」

ルーティは戦闘能力だけが高いわけじゃない、判断力も抜群に優れている。

決して、加護の力だけで魔王軍と戦っていたわけではないのだ。

だから俺は、安心してこの事件をルーティに任せることができるのだ。

「やっぱりルーティは頼りになるな」

「うん、任せて」

俺の言葉に頷くルーティの姿は、俺にとってとても誇らしいものだった。

事件のことはルーティに任せるとして、俺はミストームさんからもらった航海日誌を読んでみるか。

ゲイゼリクやリリンララの海賊時代、そして暗黒大陸での冒険。

今回の事件に役立つかは分からないが、興味深い読み物だ。

＊　　＊　　＊

同時刻。ゾルタン洋上。

「ま、参りました!!」

剣を叩《たた》き落とされた兵士がたまらず叫んだ。

「ははは、私も腕を上げたものだろう?」

日焼けしたサリウス王子は白い歯を見せて得意げに笑う。

サリウス王子は愛用のカットラスを肩に載せて、周りを見回した。

「陸を目の前にして降りられないのは鬱憤《うっぷん》がたまるな！　どうだ、他に訓練したいやつはいるか？　暴れれば少しはすっきりするぞ」

サリウス王子の言葉に、兵士達は陽気に笑いながら誰が行くのかと相談し合う。

その時、澄んだ声が遮った。

「次は私が相手をしよう」

サリウス王子の笑顔が凍りついた。

兵士達は慌てて整列し、直立不動の姿勢で眼帯をつけた隻眼のハイエルフを迎える。

「どうした、馬鹿騒ぎを続けないのか？」

「は、はい、申し訳ありません！」

兵士達は冷や汗を流しながら叫んだ。

「彼らを誘ったのは私だ、そう怖い顔しないでやってくれ」

サリウス王子が肩をすくめて言った。

ハイエルフ……リリンララは王子を睨《にら》みながら続けた。

「ここが敵地であるということを忘れるな」

「忘れてないさ、みな優秀な兵士だ。見張りの鐘が鳴れば、酔い潰れていたって、すぐに配置につくだろう」

「私の船で泥酔なぞしたら海に叩き込んでやる……まぁいい」

リリンララは剣を抜いて構えた。それはカットラスではなく古風なロングソードだ。手には緑の輝きを放つ篭手《こて》を身につけている。

サリウス王子はリリンララの装備を見て眉《まゆ》をひそめた。

「どちらも秘蔵の武具じゃないか」

「少し本気を出したくなったのだよ」

「はは……やはり怒ってるんじゃないのか？」

王子は顔を引きつらせながら剣を構える。

２人は実戦一辺倒の海賊剣術の使い手らしく、見合うこと無くすぐに踏み込んで剣を振るった。

キィィイン！

甲高い金属音が鳴り、振り下ろされたサリウス王子の剣が横へと弾《はじ》かれた。

王子の身体がよろけたところを、首の後ろにピタリとリリンララのロングソードが添えられる。

「……ふぅ、降参だ」

「訓練が足りん、防御訓練左右三千回だ。そこで見ている水兵ども、お前達もやれ」

サリウス王子と兵士達は悲鳴をあげた。

リリンララはサリウス王子の副官としてこの船に乗っているが、どちらが主導権を握っているかは周知の事実だった。

「ふむ」

訓練を始めたサリウス王子達を眺めながら、リリンララは装備の感触を確かめる。

先祖達の剣術を与える篭手〝剣術の篭手《ガントレッツ・オブ・ソードマンシップ》〟と風の魔法を秘めた長剣〝エルフの悲嘆《エルヴンソロウ》〟。

どちらもハイエルフにしか使えない魔法の武具だ。

リリンララ生え抜きの精兵を集めたこの船で、その精兵を相手に勝利するサリウス王子の剣もまた達人の域にある剣士である。

サリウス王子と渡り合える剣士は、レッド達を除けばこのゾルタンには存在しないだろう。

だが魔法の武具を身に着けたリリンララには、サリウス王子の剣もまったく通用していなかった。

「久しぶりに使ったが問題なさそうだな」

サリウス王子との模擬戦で感触は確かめた。

すぐに戦えるだろう。

この装備を使った時、リリンララは誰にも負けたことがない。

「それでも狙うは弱点だ、容赦しない」

リリンララは小さくつぶやき、必死に訓練を続けているサリウス王子達のもとを離れたのだった。

幕《まく》間《あい》

ミスフィアの航海日誌

航海日誌。記録ミスフィア・オブ・ヴェロニア。

5月17日　暗黒大陸の港町ジルカランド。

私とゲイゼリク、リリンララは昼間から酒場でお酒を飲んでいた。

お椀《わん》に入っているのは馬乳から作ったお酒だ。

「最初は小便みたいな酒だと思ったが、こうして何度も飲んでいるとこれはこれで美《う》味《ま》いと感じるな」

暗黒大陸で海賊行為を続けていた私達だったが、最後に残ったゲイゼリクの船が中破し、もう長い航海に耐えられる状況ではなくなったからだ。

船を失った海賊ほど惨めなものはない。

「策はあるんだ、そのためにこの酒場に……おっと噂をすれば！」

ゲイゼリクが声をあげた。

「シサンダン！　ガシャースラ！　チュガーラ！」

現れたのは３人のアスラデーモン。

魔王サタン率いる魔王軍と戦っている反逆者アスラデーモンの戦士達だ。

「上手《うま》くやったようだな」

シサンダンはニヤリと笑った。ゲイゼリクは椀に酒を注ぐとシサンダンに差し出す。

「まず飲め、ここは酒場だ」

「それもそうだ」

シサンダンはゲイゼリクから椀を受け取ると、白濁した乳酒を一口で飲み干した。

「蒸留酒ではないのか」

「あん？　そんなもんあるなんて言われなかったぞ？」

「金を持っていないと思われたのだろう」

アスラデーモン達は忍び笑いを漏らした。ゲイゼリクは不満そうに怒鳴って店員を呼ぶ。

「おう！　てめぇ！　この店で一番良い酒持ってこいっつっただろ！」

「はぁ、そのお酒も良いものですが、健康に」

「んだとこの野郎！　酒を飲むのに明日のことを考えるやつがあるか！」

ぎゃーぎゃーと喚《わめ》くゲイゼリク。

リリンララとシサンダンはその様子を見て、２人とも声を出して笑う。

ガシャースラとチュガーラが苦笑しながら店員に暗黒大陸の金貨を渡した。

運ばれてきた酒は無色透明の蒸留酒、それと一緒に水の入った小さな壺《つぼ》も運ばれてきた。

「なんだよ。これじゃあどっちが酒だか分からねえな」

そう言いながらゲイゼリクは器に新しい酒をなみなみと注ぐと一気にあおる。

「!?」

ゲイゼリクの顔が引きつった。よほど強い酒だったようだ。

その様子を見てチュガーラはニヤニヤと笑った。

「ゲイゼリク、これは水で割って飲むものだ」

ガシャースラはそう言うと、椀に酒を注いで水で割る。

「あ！」

私は驚いて叫んだ。無色透明の酒と水を混ぜたはずなのに白く濁ったからだ。

「そう驚いてくれると嬉しいね、ゆっくりやってくださいな」

店員がそう言って頭を下げると、別の客のところへ行った。

私も一口飲んでみた、これも馬乳酒の一種のようで少し酸味がある。

強いお酒だが美味《おい》しい。

「しかしこんな酒を飲んでたら喉が焼けちまうな、そうなる前に本題に入ろうぜ」

「いいだろう」

私達は周囲に誰もいないことを確認し、話をすすめる。

「お前達が魔王軍から奪った武器を確認させてもらった、十分な数がある」

「では」

「こちらも約束のものは手に入れてきた」

シサンダンは見取り図を差し出す。

「魔王の船ウェンディダートの在《あ》り処《か》と、ドックの見取り図だ」

「これが……」

「部下のガシャースラとチュガーラもそちらにつけよう、魔王の船を奪ったらそのままそちらの大陸に連れて行ってくれて構わない。お前たちの計画が成功すれば、我々の戦いにも大きな影響がある、好きなように使え」

「そいつはいい！　アスラが手下だなんて箔《はく》がつくってもんだ」

ガシャースラとチュガーラはゲイゼリクの呑気《のんき》な様子を見て顔を見合わせた。

「アスラは死を恐れない。しかし人間は違うのだろう？　魔王の船を強奪するなど、まず勝ち目はない、やめるなら今のうちだぞ」

試すような口調のチュガーラに対して、私は目の前の椀を摑《つか》むと、一気に飲み干し、椀をテーブルに叩きつける。

「目の前にお宝があるのにビビって逃げ出すようなやつが海賊になれるか、ですわ！」

私の口上に、ゲイゼリクは「クハハハ！」と膝を叩いて笑っていた。

第二章　リリンララとの決闘

昼過ぎ。レッド&リット薬草店。

「いってきます」

「いってらっしゃい」

レッドはリットとそう言葉を交わしてから、薬の入ったカバンを抱え出ていった。

サウスマーシュ区にある診療所に薬を届けに行ったのだ。

海路がリリンララの船に封鎖されていることで、薬の流通も少しずつ減少している。

まだ深刻な状況ではないが、薬の値段に影響が現れていた。あまり裕福でない診療所にとっては死活問題だ。

そこで山から大量の薬草を仕入れることができ、値段も据え置きのレッド&リット薬草店に発注する店が増えているのだ。

店の売上は伸びているが、レッドがよく配達に行ってしまうことをリットはちょっとだけ寂しく思っていた。

ピキッ。

「えっ？」

音がしたのはレッドのティーカップからだ。見てみると木製のティーカップにヒビが入っていた。

落としたわけでもないのにと、リットはレッドのティーカップを手にとって確認する。

「何もしていないのに割れるだなんて」

ティーカップには大きな亀裂《きれつ》が走り、これまでのようにお茶を入れることは、もうできないだろう。

「レッド」

リットは外に出たレッドの姿を思い浮かべ、眉《まゆ》をひそめる。

そして目をつぶった。

「ウッドリペア」

元の形を思い浮かべながらリットが魔法の印を組むと、手にした木製のティーカップはすっかり元通りに修復される。

「これでよし！」

リットは機嫌を良くし、コップを片付けにキッチンへと鼻歌を歌いながら歩いていったのだった。

*　　*　　*

外はずいぶん暖かい。今朝は寒かったのに、今は春のような陽気だ。

俺は人通りの少ない道を進んでいた。

「あ、クローバーの花が咲いている」

路傍に咲くその白く小さな花を見て、俺は懐かしさを感じた。

幼い頃、ルーティのために花輪を作ってあげたっけ。

また作ってみようか……もう花輪で喜ぶ歳じゃないかな？

俺はそんなことを考えながら、いつもの道を外れ、町の中に残る林へと進んでいく。

腰に佩《は》いた銅の剣の柄《つか》に手を置き、その感触を確かめた。

小さい林とはいえ、奥に進むとここがゾルタンの中だということを忘れるほど静かになる。俺は肩にかけていた薬箱を地面に置いた。

「はぁ……ここらでいいか？」

俺は面倒くさいという感情を隠さず、棘《とげ》のある口調で言った。

俺の言葉に、眼帯をつけたハイエルフの女性が木の陰から現れる。

両手には緑鋼の輝きが美しい篭手《ガントレット》、腰にはエルフ拵《こしら》えのロングソードが、金細工を施された白鞘《しろさや》に納められている。

「何だって俺の跡をつけるんだ、俺はただの薬屋だぞ」

「ただの薬屋が気配を消して跡をつけている私の気配に気がついて、単身こうして林の中で決着をつけようとするのか？」

「気づかせるように隙を見せていた癖に」

俺の言葉にハイエルフは鋭い視線を俺にぶつける。

「そこまで見抜いていたか」

警戒心と闘志が入り混じった熟練の戦士特有の威圧感を、俺は肌に感じた。

「あんたがリリンララか」

「さて」

眼帯をつけたハイエルフで、俺に威圧感を感じさせるほどの戦士が他にいるわけないだろうに。だがリリンララは口元を軽く歪《ゆが》めてとぼけている。まさかリリンララが出てくるとは。

それだけ自分の実力に自信があり、そして一番強力な戦力をぶつけることが、ときに損害を最小にすることを知っているのだろう。

「で、そういうお前は何者なんだ」

リリンララの鋭い言葉に俺は肩をすくめて答える。

「薬屋のレッド。人畜無害の一般人だ」

「お前のような一般人がいるか」

「一般人になるのに条件も何もないだろう」

　軽口を叩きながら、俺達は間合いを一歩、また一歩と詰めていく。

　風がそよぎ、木々はどっちが勝つのか予想をささやき合っているかのようにざわめいた。

「で、俺に何の用だ」

「大人しく私と一緒に来てもらおう、そうすれば命までは取るつもりはない」

「海賊からの命の保証なんて信用できんだろう」

「私は海賊を辞めたんだがな」

　リリンララが足を止めた。

「どうしても投降する気はないか？」

「兄として妹の迷惑になるのは恰好《かっこう》悪いからな」

　ビュウと白い疾風が走った。

　鞘走りの音すらなく抜き放たれたリリンララのロングソードは、白銀の刀身を煌《きら》めかせ俺の頭上から振り下ろされる。

　俺は相手の右側へすれ違うようにかわした。

　振り向きざまに、俺はリリンララの背中へと剣を抜いて斬りつける。が、リリンララも同じタイミングで振り返り、剣を横薙《よこな》ぎに振るった。

キン！　と激しい音が鳴る。

リリンララの刀身に魔法の紋様が浮かび上がったのを見て、俺は反射的に飛び下がった。

「もらった！」

リリンララの顔が勝ち誇った。

刀身から溢れるように放たれた風が刃《やいば》となって俺を襲う。

風の刃で斬撃《ざんげき》を飛ばし刀身をかわした相手を斬り裂く魔法の剣！

俺はとっさに身につけている外套《がいとう》を投げつける。

風の刃は俺の外套をズタズタに引き裂いたが、頑丈な布地を切り裂いたことで風の刃は威力を減衰させせかき消えた。

「これ、気に入ってたんだが」

地面に落ちた外套はもう使い物にならない。

銅の剣を見れば、刀身に刃こぼれや小さなヒビが生じていた。

受け流しきれなかったか、これ以上、受けるのは危険だな。

リリンララはそんな俺の様子を見て驚いていた。

「大した腕だな。どのような『加護』をその身に宿しているのかは分からんが、武技も魔法も使わず、目立ったスキルも感じられない。それが不気味で底の知れないやつだ……が、装備の性能では話にならない差があるようだな」

　装備の差は歴然。その上、リリンララは伝説の海賊だけあって、その剣も俺が想定していたよりずっと……俺に剣を教えてくれた団長に匹敵するほど強い。

「まぁ、俺が戦わず2人に任せても良かったし、衛兵の詰め所に逃げ込むって手もあったんだけどさ」

　俺は剣を右手に構え、左足を軽く引いた。

「別に活躍したかったわけでも、褒めてほしかったわけでも、ゾルタンの平和を脅かすあんたらが憎かったわけでもないんだ」

　ルーティやティセならもっと簡単に倒せていただろうな。

　今はただの薬屋である俺がこうして戦う合理的な理由はあまりない。

「だけどまぁ、なんというか……妹に自分でも解決できる面倒事を押し付けるのがどうもなぁ」

「何の話だ」

　俺は意識を戦いへと切り替える。俺の空気が変わったのを見て、リリンララの表情も変わった。

　俺は剣の切っ先をフラフラと揺らしながら機会を窺《うかが》う。

　リリンララは待つことを嫌い間合いを詰めてきた。

その時、リリンララの足が木の根を踏んだ。リリンララの視線が一瞬足元に落ちる。

「ッ!!」

俺は息を止めて足に力を込め、一足で間合いを詰める。

リリンララの剣が跳ね上がって防御しようとしたが。

「何だ!?」

リリンララの動きはさっきより鈍い。

リリンララの表情に焦りが浮かび、視線が手元のガントレットに注がれる。

「馬鹿な、いつの間に！」

左手のガントレットに走る大きな傷。

最初の打ち合い、俺は飛び退きながらガントレットに傷をつけておいたのだ。

あれは身体強化のような単純な効果のマジックアイテムではない。もっと複雑で繊細なエルフの魔法だ。繊細な魔法は、傷つけられることに弱い。

刻まれた魔法を乱されたことでガントレットは弱体化していた。

そして、できると思っていた動きができなかったことでリリンララに大きな隙が生まれる。俺の突き出した剣にリリンララがかろうじて防御をあわせる。

剣がぶつかり音を立てた。

俺は鍔迫《つばぜ》り合いからさらに一歩踏み込む。

銅の剣はリリンララの防御を蛇のようにすり抜け彼女の肩へと食らいついた。

リリンララは痛みをこらえながら、風の刃で牽制《けんせい》して間合いを取る。

肩口の傷から血が溢《あふ》れた。

「くっ……」

右肩の深い傷。右腕に伝う血と共に、リリンララは腕の力を失っていくはずだ。

「まだやるかい？」

「つくづく度し難い国だ、この私より強いやつがいるだと？」

もし回復系の魔法やスキルを持っていても、あるいはキュアポーションを飲もうとしても、その隙を俺が見逃すはずがない。今の間合いは、お互い隙を見せればすぐさま相手に一撃を加えられる間合いだ。このままにらみ合いを続ければリリンララは出血で倒れ、かといって攻めるのも利き腕を怪我した状態では勝ち目もなく、逃げようとすれば〝雷光の如き脚〟で追いついて打ち込める。

俺が優勢な状況だが……。

「そこまでだ」

その時、別の男の声がした。リリンララの顔に勝利への確信が浮かんだ。

現れた男もやはりハイエルフで、カットラスを右手に、そして左手で涙を流し震えている女の子の口を押さえている。あの子は下町の住人だ。

「人質というわけか、海賊らしいな」

「軍人も汚い手を使う、勝たなければ意味はないからな。さあ武器を捨てろ」

「嫌だと言ったら」

「その子を殺す」

すれ違えば挨拶してくれる明るい子ではあるが、俺との接点はそれだけ。知人と言えるかすら微妙な間柄だ。

「見境なく手頃な子供をさらったのか」

「だがお前みたいなやつには効果があるだろう？」

リリンララは傷口を押さえながら言った。

「まぁそうだな」

そう言いながら、俺は剣を放り投げるように捨てた。

「な!?　貴様!!」

剣は大きな弧を描くように、人質を取るハイエルフの方へと飛んでいく。

もちろんただ重力に任せて落ちてくる銅の剣なんて、カットラスで叩《たた》き落とすのは簡単だろうし、一歩動くだけで回避できるだろう。それに当たったとしてもなまくらな銅の剣では大した傷にはならない。

だが、ゆっくりと自分の方に飛んでくる刃物を無視できる者は少ない。

ハイエルフの視線は宙を舞う俺の剣へと吸い込まれる。

「〝雷光の如き脚〟」

視線が外れた一瞬の間に、俺は木の裏を抜け回り込むようにハイエルフのそばへと走る。

「えっ？」

ハイエルフが反応するより一瞬早く、俺の拳《こぶし》がハイエルフの端整な顔へと突き刺さる。

ハイエルフは体をのけぞらせて倒れた。

そのまま飛んできた俺の銅の剣を掴《つか》み、驚くリリンララへと剣を振り上げ飛びかかる。

反応できなかったハイエルフと違い、リリンララはすぐさま防御の体勢を取る。が、怪我をしている右腕が上手《うま》く動かないのか、反応速度に比べてその動きは鈍い。

「ぐッ!?」

鮮血が飛び散る、俺の剣が僅《わず》かに早かった。深手を負ったリリンララは膝から崩れ落ちた。

「ふぅ」

リリンララが立ち上がれないのを確認して、俺は剣を納める。

そして額に浮かんだ汗を手の甲で拭《ぬぐ》い、息をゆっくり吐いた。

応急処置だけしたら、ルーティにこいつらを引き渡そう。薬を届けるのはその後になってしまうな。

「う、うぅ、レッドさん……」

その前にまずはこの子か。俺は安心させるために、女の子の肩をポンポンと叩き、笑いかける。

「もう大丈夫だ、怖い人は全員やっつけた。よく頑張ったな」

「うぁぁぁん!!」

知らない人にさらわれ、わけも分からず人質にされ怖かったのだろう。

女の子は俺の腰に抱きつくと、安堵《あんど》の涙を流していた。

＊　　＊　　＊

「よいしょっと」

「せ、船長!?」

俺はロープで縛ったリリンララとその部下の２人を、ルーティの屋敷の地下室へと運んだ。

中ですでに捕まっていた２人のハイエルフは、信じられないものを見ているかのような表情で狼狽《ろうばい》していた。

「ぐっ……」

意識が戻ったのかリリンララがうめき声をあげた。

「気がついたか。応急処置はしてあるが、あまり動くと傷が開くぞ」

「貴様……私をどうするつもりだ」

「どうするって……そっちから襲ってきたんだろう。俺の仕事はルーティ達に引き渡して終わりかな」

俺は苦笑した。今回は襲われたので仕方なく応戦しただけだ。

「一体お前たちはなんなんだ」

俺の淡白な反応に、リリンララは毒気を抜かれたように唖然《あぜん》としている。

それにしても、アヴァロニア王国とヴェロニア王国が魔王軍侵攻前から険悪なおかげで、俺の顔が知られていないのが助かった。

これが別の国だと騎士時代に王宮にも式典などで呼ばれたところもあるのでバレていたかも知れない。

「おいてめぇ！　船長の傷をちゃんと治療しろよ！」

思案していた俺へ、ルーティ達が捕らえたハイエルフが文句を言った。

動いたときに傷が少し開いたのか、リリンララに巻いた包帯が赤く滲《にじ》んでいる。

「お前らから襲いかかってきておいて治療しろとは随分だな」

俺は少々トゲのある言い方で言葉を返す。

実力差があったから事なきを得たが、彼女達がやってきたことは暴力を伴う拉《ら》致《ち》行為だ。

「薬で応急処置はしてある。それにハイエルフの生命力とその加護レベルの高さがあれば後遺症も残らんだろう」

「捕虜に対する扱いは条約で決まっていただろ！」

「ここはアヴァロニア王国じゃなくてゾルタン共和国だ。都市国家でも独立した国家で王国の条約は通用しない。それに宣戦布告もなしに襲ってきたやつがいっちょ前に軍人面するな。お前ら扱いとしては誘拐未遂犯で犯罪者だぞ」

「そ、そりゃそうだが……」

全く。

「……貴様、元軍属か？」

リリンララの言葉に、俺は思わず顔をしかめた。

しまった……さすが鋭いな、これだけで俺の正体がバレることは無いと思うが。

「どこかで問題を起こしたか権力闘争に負けた将校か？　ヴェロニアに来れば私が将校に取り立ててやってもいいぞ」

「さあな」

俺はそこで話をやめ、床に座ってルーティが来るのを待つことにした。

やがてルーティ、ティセ、リットの3人がこの地下室へと降りてきた。

「ん、リットも来たのか」

「私だけ除《の》け者はやだもん」

「俺はルーティに引き継いだら帰るつもりだったんだが」

「私はお兄ちゃんにもいて欲しい、迷惑じゃなければだけど」

「ほら、ルーティもそう言ってるし」

ルーティにそう言われると弱い。

「分かった、じゃあルーティの後ろで何かあった時のために待機させてもらうよ」

「ありがとう」

ルーティは嬉《うれ》しそうにそう言った。

その顔を見ると、俺もまぁいいかという気分になってしまうな。

ルーティの尋問は短かった。

最初から何か情報を引き出せるとは思っていなかったのだろう。リリンララが質問に答える気が無いと分かると、早々に打ち切った。

「それでどうする？」

「ゾルタン当局に引き渡すのは？　情報は引き出せないだろうから外交のカードとしてサリウス王子から譲歩を引き出すとか」

リットは元王族らしく外交カードとして捕虜を使うということを提案してきた。

「それがいいかもな、下手に手を出すわけにもいかないし」

相手はヴェロニア王国の重鎮だ。

彼女に必要以上の危害を加えればヴェロニア王国海軍自体が動くかも知れない。

その時、ドンドンという音がした。屋敷の玄関をノッカーで叩いた音だ。

「誰だろう、ちょっと見てくる」

俺は立ち上がり、玄関へと向かった。

「レッド、私よ」

扉を開けると、そこにはヤランドララが立っていた。そして、その隣には。

「ミストームさん!?」

「あ、ああ、悪いね急に邪魔しちまって」

リリンララが狙っている張本人であるミストームさんが、ぎこちない表情で立っていた。

「中に入らせてもらうわね」

「ヤランドララ、待ってくれ、今はちょっと間が悪い」

「リリンララのやつがいるんでしょ」

「やっぱり知っていたのか」

「あらゆる草木の友人であるこの私に隠し事なんてできると思わないでよね」

俺とリリンララが森で戦ったからか。便利なスキルだ。

ヤランドララが抜けて困ったとダナンが愚痴を言っていたのも分かる。

そういえばダナンは今回の騒動で大人しくしてるんだろうか。

あいつのことだから病院から抜け出して戦いに行くかもしれない。

あとで釘《くぎ》を刺しておかないと。

「というかレッド！　なんで私に教えてくれないのよ！」

「だってヤランドララに教えるとリンララをぶん殴りに来そうだったから」

「大丈夫ちゃんと手加減するから」

「全然大丈夫じゃない！　捕虜への虐待は禁止！」

「えー」

ヤランドララは口を横に広げて抗議の表情をしているが、ダメなものはダメだ。

「まぁそれはともかく、分かっていたならなんでミストームさんを連れてきたんだよ。リンララがミストームさんの命を狙っているのは知ってるだろ」

「分かってるわよ。だから面倒な確執を解決するために連れてきたんじゃない」

ヤランドララは相変わらず思い切りがいい。

ただそれでいつも上手くいくわけじゃないので一緒にいる方はヒヤヒヤする羽目になる。

「ミストームさんはどう思っているんだ」

「そうだねぇ、正直な気持ちを言えば恐怖があるね」

ミストームさんは両手を見せた。シワのある指先は少し震えていた。

「50年前のあの日、私が消えるのが一番だと思った。でもリリンララにとっては、私は何も言わずに逃げた無責任な王妃さ。そもそもリリンララがサリウスを連れてきた日、私が断っていたらこんなことにはならなかった」

「だがそれは……」

「私かリリンララ、どちらかが道を間違ったんだ。でもね、今は命を狙われる関係だったとしても、かつてリリンララと私は親友だった。ケリをつけるよ、勇気を出して」

パチン。

ミストームさんが両手を合わせた。

「レッド、私も中にいれておくれ。リリンララのやつに会うよ、私が謝るのかあいつが謝るのか、どうなるかは分からないけど、でも会わなきゃならないんだ」

「……分かった、それがミストームさんの意思なら尊重するよ」

俺は2人を中に迎え入れることにした。

そしてミストームさん……ではなくヤランドララが先に中に入った。

「さぁて、リリンララはどこかなぁ」

……ヤランドララは帰ってもらった方が良かった気がする。

＊　＊　＊

ミストームさんとリリンララを引き合わせる前に、少し状況を整理しておこう。

今回の事件は、ヴェロニア王国のサリウス王子とリリンララが、ゾルタンの教徒《きょうと》台帳《だいちょう》を要求したことに端を発する。

サリウス王子が教徒台帳を要求した目的は、失踪《しっそう》した自分の母親であるミスフィア王妃ことミストームさんを見つけ出し、王位を継承すること。

だが、サリウス王子はそもそもミストームさんの実子ではなかった。

サリウス王子は、ミストームさんの死産した赤子と別の赤子をすり替えた子だった。

それをレオノールに勘付かれ、ミストームさんは脅され王宮を去ったのだ。

つまりミストームさんの存在はサリウス王子を王位に導くどころか、破滅をもたらすことになる。

だからリリンララはサリウス王子とミストームさんが再会する前に、暗殺者を送り亡き者にしようとした。冬至祭の日にミストームさんを襲った暗殺者の正体だ。

だがリリンララも、まさか辺境に元勇者がいるとは予想できなかっただろう。

想定外の戦力に暗殺者は撃退され、ついにリリンララもこうして捕らえられたというわけだ。

リリンララとミストームさんは50年振りの再会となるが……穏便に済めばいいのだが。

＊　＊　＊

「な、お、お前はヤランドララ⁉　何でこんなところに！」

地下室の扉を勢いよく開き登場したヤランドララの姿を見て、リリンララは叫び声を上げた。２人はリリンララが海賊になる前からの知り合いらしい。

「久しぶりね、この浮き草エルフ！」

「いきなり何だ！　喧嘩《けんか》を売りに来たのか‼」

開口一番、２人は睨《にら》み合っている。

「浮き草エルフ？」

突然の乱入にリットが驚きながら首を傾げた。

「あー、ハイエルフの罵倒《ばとう》だよ。自分の生まれた都市を誇るハイエルフにとって、根っこの無い浮き草と言われるのは、自分の出身地を名乗るのもはばかられる恥ずかしいやつって意味らしいんだ」

「……ピンとこないなぁ」

　でも、ヤランドララに煽《あお》られリリンララは傍目《はため》にも分かるくらい怒っている。俺やリットにはよく分からないが、ハイエルフ的には今の罵倒は殴り合い待ったなしの酷《ひど》い侮辱らしい。

「人のこと言えるのか⁉　お前ほど変わり者のハイエルフもいないだろう！」

「でも私は大切な相手を裏切るような恥知らずなことはしていないわ！」

「くっ、それは……いや待て、お前の言う裏切りとはどの話のことだ」

「もちろん、あなたがゲイゼリクを裏切ったことよ」

「なぜそれを知っている!!!」

　リリンララが叫んだ。一緒に捕まっているリリンララの部下達は突然の剣幕《けんまく》に驚き、何のことか分からずオロオロしている。

「それは私が話したからだよ」

　ミストームさんがそう言いながら部屋へと入ってきた。

「久しぶりだねリリンララ、あんたは50年前と同じだねぇ」

「な、まさか……ミスフィアか。あんたは歳を取った、本当に人間は……すぐに老いるものだ」

　リリンララはミストームさんを昔の名前で呼ぶ。

　当然か、リリンララにとっては今も50年前と同じミスフィア王妃なのだろう。

「なぜだミスフィア、なぜ逃げた」

「知っているだろう？　レオノールに負けたからさ」

ミストームさんとリリンララは向かい合って言葉をかわしていた。

リリンララはミストームさんを睨み、ミストームさんも強い意志をこめた目でリリンララを見返している。

「ミスフィア、この際他のことはどうでもいい……なぜゲイゼリクを捨てることができたのだ、なぜ信じてやれなかったんだ。お前さえいればゲイゼリクもきっとサリウスを認めてくれたはずだ！」

「信じてたよ……でも最初にゲイゼリクを裏切ったのは私とあんたじゃないか！」

「それは……違う、違うんだ」

「リリンララ、なぜ今更ゾルタンに来たんだい」

「サリウスのためだ」

リリンララはそう言い放った。そこに迷いは見られない。

「随分サリウス王子に入れ込んでいるんだな」

そう呟《つぶや》いた俺に、リリンララは鋭い視線を向ける。

「ミスフィア……なぜサリウスの秘密を明かしたんだ、この秘密がどれほど致命的なものかは分かっているんだろう！」

「ここにいる人達はみな信頼できる友達だよ」

ミストームさんはそう答えたが、リリンララは指が白くなるほど拳《こぶし》を握りしめ震える。

「誰かが漏らせばそれでサリウスは破滅するんだぞ……！」

「明かした秘密の責任について語っても時間の無駄だ、この話はもうよそう」

ミストームさんは首を振って話を続けた。

「それで……あんたはサリウスと私が接触することを防ぐために、私を殺そうとした」

「ふん、その通りだ」

「サリウスに私がゾルタンにいるらしいということを教えたのはレオノール派なんだろう」

「……ああ、私も油断していた。まさかそんな手でくるとは思わなかった」

「レオノールは、政治的駆け引きだけは優秀だからねぇ」

「それは嫌というほど知ってるさ」

リリンララとミストームさんは同時に苦笑いを浮かべた。

「だったらミストームさんはもう死んでしまったか、行方知れずということにしてしまえばいいんじゃないのですか？」

話を聞いていたティセの素朴な質問に、リリンララは首を振る。

「私が誤魔化《ごまか》したところで、次はレオノールの手先がミスフィアを捕らえようとするはずだ。そのような急所を残しておく訳にはいかない」

「でも私の生死に関係なく、このままレオノールの息子のウズク王子に王位継承されるのだろう？　わざわざ急所を刺す必要があるのかねぇ、これはブラフであんたとサリウスを王宮から引き離すことが目的なのではないのかい？」

　リリンララの言葉を聞いて、ミストームさんが言った。

「確かにその可能性も考えた……だがゲイゼリクが今際《いまわ》の際《きわ》にサリウスを王位に指名する可能性も残っているはずだ。生前に指名してもレオノールに妨害されるが、最期の言葉であれば誰にも覆せまい」

「正当な手順を踏まず継承順位を変えるのは王でも無理だね。遺言は熱に浮かされた言葉で不当だとしてレオノールが握りつぶすさ。それよりは今はウズク王子が王になった後でもサリウスが勢力を保てるように動き、相手の失脚を待つべきだよ」

　2人は強い口調を交えて話し合っている。それを見てルーティが頷《うなず》いた。

「解決した」

「「え？」」

　唐突なルーティの言葉にミストームさんとリリンララは唖然《あぜん》とした様子だった。

　俺もどういう意味か分からずルーティを見る。

「2人とも同じ目的の話をしている、だからもう大丈夫」

　そう言うルーティの顔には満足気な笑みが浮かんでいた。

その可愛らしい表情が、他の人には伝わらないのが残念だと、俺はそんな場違いなことを思ってしまった。

＊　＊　＊

ルーティは、そんな2人をもう気にかけること無く、解決したとばかりにリラックスした様子で椅子に座っていた。まぁここにいる人だと俺とティセくらいしかルーティがリラックスしていることは分からないだろうけど。

憮然《ぶぜん》とした表情のリリンララと、なんと声をかければいいのか分からない様子のミストームさん。

「あ、ええっと、そうだな」

そして、なぜか俺が進行役を務める羽目になっている。

俺は、ヴェロニアのお家騒動について完全に部外者なのだが、2人が自分から喋《しゃべ》らなくなったので仕方がない。

「こちらの目的であるミストームさんの助命と、教徒台帳引き渡しの拒否は受け入れてもらえるということでいいのか？」

「……もともとサリウスに教徒台帳を手に入れさせるつもりはなかった。ミスフィアのことは、まぁ保留ということにしといてやろう」

「そりゃ助かる、ゾルタンとしてはそれ以上望むことはないだろう。で、次にそちらの事情である王宮でサリウス王子の影響力をどう強めるかだが」

　王位継承問題が終われば、ミストームさんの存在はどちらの陣営にとっても利用価値が低くなる。

　だが実際のところ、サリウス王子の王位継承はかなり難しいと思う。

　俺はヴェロニア王国の宮廷事情について詳しいわけではないからはっきりとしたことは言えないが、王位継承順位は相手が上、政治的影響力も相手が上、そして現王妃が後ろ楯《だて》と完璧な布陣だ。

「でもあんたの性格じゃ、旧来の貴族からは支持を得られないだろう」

「私にも交渉を任せられる人材くらい居る！」

　ミストームさんの指摘に、リリンララは睨みつけて言い返した。

　最初は俺が促さなければ会話にならなかったのが、次第に白熱した様子で議論するようになり、後はもう俺がなにか言う必要はなかった。

　そこには仲の良かった頃の２人の姿が見えた気がする。

　議論が続いていたその時、遠くから鐘の音が聞こえた。

「なんだ？」

ここは地下室なので、知覚能力を加護で強化されていないと聞き取れないくらいだが。

だが、すぐに全員がその音に気がつくことになった。

カンカンカンカンカン!!

地下室にまで音が届くほど、町中で鐘が鳴り響いている。

これは非常事態が起こったときの鐘だ。

「私が様子を見るわ」

ヤランドララが種を取り出し緑の蔦《つた》を作り出した。

ヤランドララは入り口の扉を開け、蔦を外へと伸ばした。

「……あ！」

しばらくすると、ヤランドララが驚きの声を上げた。

「どうした？」

「予想してなかった、まずいかも知れないわ」

ヤランドララの表情は真剣だ。

「ヴェロニア兵が港区を占領している。衛兵や住民の何人かが人質として捕らえられているわ」

「馬鹿な」

俺が驚くより先に、リリンララが叫んだ。

「確かなのかヤランドララ！　確かにサリウスの軍が占領しているのか⁉」

「私の能力は知っているでしょ、間違いないわ」

「ありえない！　軍を動かしてはいけないことくらいサリウスも承知しているはずだ！」

サリウス王子が軍を動かした？

そうするとシエン司教に動いてもらっている教会の問題がここで出てくる。脅しではなく他国の領土を侵略し占領したとなれば、もうシエン司教が何を言っても聖方教会は黙ってはいられない。人間同士の戦争は止められなくなってしまう。

せっかくルーティがこのゾルタンでのんびりスローライフを楽しもうとしているのに、なんだってこんな事態になってしまうんだ！

「とにかく港区に行ってみようよ」

「そうだな、リットの言うとおりだ」

俺はリリンララの側へ近づく。

「……馬鹿な、一体サリウスに何があったんだ」

リリンララは憔悴《しょうすい》している。その姿に俺は予感めいたものがあった。

「お兄ちゃん」

ルーティも頷いている。

勇者としての旅で様々な事件を解決してきたことで培った、洞察力が何かを感じているのだろう。

「リリンララ、一緒に来るか？」

「何だと？」

「れ、レッド!?」

リリンララは怪訝《けげん》な顔をし、ミストームさんは声を上げていた。

「リリンララにとってもヴェロニア軍を止めるという目的は一緒だろ？」

「……ああ、そうだ！　私からも頼む、余計な真似はしないとハイエルフの血にかけて約束しよう。取り返しのつかないことになる前にサリウス王子を止めたい」

俺はリリンララと部下のハイエルフ達の縄を解く。

「行くぞ」

「分かった」

俺達は屋敷の外へと出ていった。

＊　＊　＊

俺、ルーティ、リット、ティセとうげうげさん、ヤランドララ、ミストームさん、リリンララ、部下のハイエルフの3人。このメンバーで俺達は港区に急行した。

町は逃げ惑う群衆で溢《あふ》れていたが、戦いに巻き込まれて怪我をした様子の者はいない。大規模な戦闘は発生していないようだ。

しばらく走り、港区にたどり着いた俺達が見たものは、確かに翻るヴェロニアの旗だった。

「何が起こっているんだ」

リリンララは呆然《ぼうぜん》として肩を落としている。

「現在ゾルタン周辺にある外部勢力はサリウス王子の軍だけだ」

俺の言葉に、それでもリリンララは「ありえない」と小さくつぶやいていた。

「でも見たところ、煙は上がっていない。戦いの臭いがしないわ」

リットがそう指摘した。

ロガーヴィア公国での戦いで、リットは自分の故国が戦火に焼かれる姿を嫌という程見ている。

そのリットから見て、この町は戦いの痕跡《こんせき》が見られないと言う。

「確かに俺にもそう見える。ゾルタン軍には、もしヴェロニア軍が押し寄せてくるようなら市民の避難を優先させて迅速に撤退するように指示していたはずだ。港区はもともと人口が少ないのもあって、戦いも略奪も起こらなかったかもしれない」

上陸される前に防衛するというのが兵法の基本だが、万が一戦争になったらゾルタンに勝ち目はないのだ、被害の出ない内に撤退して外交努力を続けるしか無い……もちろんルーティやティセが戦わない場合の話だけど。

「少し上から見てみます」

ティセがヒラリと近くの倉庫の壁を駆け上がり、屋根の上から周囲を確認した。

「あちらにゾルタンの軍旗が見えます。ゾルタンの将軍ウィリアム卿《きょう》の軍旗も。ウィリアム卿の走竜騎兵が騎乗したまま揃ってますが……あんな町中で騎兵集めても仕方ないでしょうに」

「実戦経験の無い将軍だよ、市街戦なんて経験しているはずもない」

あそこに行けば何が起こったのか分かるはずだ。

俺達もあそこに合流するとしようか。

＊　　＊　　＊

ゾルタンの港区は嵐の影響を受けやすく、建物はどれも壊れることを前提とした頼りないものばかりだ。ウィリアム卿のいるこの倉庫も、レンガ造りなどではなく木造で、壁は触れるとボロボロ崩れる土壁。

空を見上げると、いつのまにか黒い雲で覆われていた。

雨が降るかも知れないな。

まぁまずはやることをやろう、俺は前に立つ兵士の恰好《かっこう》をした隻腕の大男を見上げた。

「ここはウィリアム卿の陣幕である、用件を言え」

「……なにやっているんだダナン」

「がはは、バレたか」

ゾルタン軍の陣の入り口に立っていた男は、『武闘家』ダナンだった。

兵士の兜《かぶと》で顔を隠しているが、この筋肉と威圧感を隠せるはずがない。

「なんか外で面白そうなことやってるからよ」

「からよ？」

「俺も交ぜてもらおうと義勇兵として参加して見張りをやってるんだ」

「ダナンに見張りを任せるな!!」

思わず声が出た。

というのもダナンは見張りの仕事を勘違いしているのだ。

見張りは異常があったときに味方に知らせるというのが仕事のはずだが、ダナンにとって見張りとは、誰よりも先に敵を見つけて戦ってもいいという仕事なのだ。

「なんだよ、今回も独り占めか。お前ら最近は俺に黙って楽しそうなことばっかりやってるそうじゃねぇか！　俺も交ぜろ！」

「……怪我が治ったらな」

ダナンの怪我はまだ完治していない。常人ならまだ歩くのも辛《つら》いはずなのだ。

俺はダナンに、病院に戻るよう言い含め、最後はルーティによって拳《こぶし》に誓わされやっとこさ怪我人を病院へと送り返した。

「全く……」

とはいえダナンの取りなしで、総指揮官であるウィリアム卿のところへはすんなり通してもらえたのだから、まぁいいだろう。

俺達がウィリアム卿がいる倉庫に入ると、中には地図におかれたおびただしい敵の駒を見て泣きそうな顔をしているウィリアム卿がいた。

「おお！　その方がリリンララ殿か!!」

ウィリアム卿はリリンララ達の姿を見るなり大声で叫んだ。

「ウィリアム卿、どうしてリリンララのことを？」

「どうしても何も、港を占拠したやつらから捕虜となっているリリンララ及びその部下３名を返還するよう要求があったのだ。身代金に４２０００ペリルの支払いと占領した港区及び捕らえた捕虜すべての解放、さらに賠償金に８０００ペリルを追加で支払うという条件を出してきた」

「む、無茶苦茶《むちゃくちゃ》だな」

強気で占領してきた割りには、随分譲歩した条件だ。

なんというか、支離滅裂な印象を受ける。

リリンララの話からすると、サリウス王子は決して無能な王族というわけではないはずなんだが。

「一体どういう経緯でリリンララ殿を捕らえたのかは知らないが、連れてきてくれたからにはもう安心だ。早速使者を送ろう。いや、我々から出向いてもいいな」

ウィリアム卿の顔にはあからさまにホッとした様子が窺《うかが》えた。

勝ち目の無い相手にいきなり町を占領されて、捕らえた憶《おぼ》えもない捕虜を返せと言われてだいぶ参っていたようだ。

「待ってくれ、俺達はまだ何が起こっているのか知らないんだ。まずは状況の把握から……」

俺はたまらず口を挟んだ。だがウィリアム卿はツバを飛ばしながら怒鳴る。

「誰だか知らんが貴様に命令される筋合いはない！　軍の指揮権は私にあるのだぞ！　いつやつらの気が変わって、軍を動かすかわかったものではない！　一刻も早く捕虜を返還しゾルタンの平和を取り戻さねばならん！」

口調は強いが言ってることは全力で弱気だ。

俺が困っていると、リリンララの後ろにいたリットとミストームさんが話を引き継いだ。

「落ち着いてウィリアム卿。こちらがリリンララを押さえているのだから、優位なのはこちらだわ。まずは何が起こっているのかを把握して、その上で最良の選択をするべきよ」

「ウィル。ゾルタンにとって未曾有《みぞう》の事態だから無理も無いけれど……あなたが狼狽《うろた》えたら、ゾルタン軍全体が狼狽えてしまうわ」

「英雄リット!? それにミストーム師!!」

ミストームさんの姿にウィリアム卿は目を見開いて声を上げた。

そしてヘナヘナと力が抜けたように膝をつく。

「ミストーム師、私には無理です……どうか私に代わって軍の指揮を執ってください。私には荷が重すぎます。かつてこのゾルタンを救ったように、また我々を救ってください……」

「ウィル、ダメよこんなお婆ちゃんに頼っちゃ。今はあなた達の時代なのだから」

中年の男が老女にすがる。あまり恰好の良い姿とは言えない。

だがその光景を目の当たりにしている部下の騎士達はウィリアム卿を軽んじるような様子はない。彼らもまたすがるような目でミストームさんを見ていたからだ。

俺はこの光景をよく知っている。

魔王軍を前に絶望した兵士達がルーティに救いを求める時の光景だ。

英雄とは希望なのだ。ルーティはその光景を、僅かに顔をしかめて見つめていた。

「あんたを切り捨てるくらいなら……だったら王なんてならなくてもいい！　なりたくもない!!　あんただって分かっているだろう!!!」

それはとても大きな声だった。

外の兵士達にも聞こえていたのだろう、外からざわざわと兵士達が動揺する声が聞こえる。

リリンララのその表情をどう表現すればいいのか、俺には分からない。

激昂《げっこう》しているようにも、絶望しているようにも、泣いているようにも……笑っているようにも見えた。心が引き裂かれるような、複雑な感情がリリンララの胸中に渦巻いているのだ。

静まり返った部屋。ヴェロニア兵達はどうすればいいか分からず不安そうに周囲を何度も見回していた。

俺はそんな中、俺達の後ろでサリウス王子の顔を真っ直ぐに見つめ、呆然としているミストームさんの隣へと移動する。

「似ているか？」

俺の言葉に、ミストームさんはびくりと肩を震わせた。

「どうして私が考えている事が分かったんだい？」

「可能性は前から考えていたんだ……リリンララは海賊。ヴェロニア王国ではなくゲイゼリクの為《ため》に動くはずだ……だったらサリウス王子の為にここまで尽くしているのはなぜか」

「似ている！　あの人の、ゲイゼリクの若い頃にそっくりだよ！　でもゲイゼリクとサリウスは血がつながっていないはずなんだ!!」

ミストームさんはそう呟《つぶや》いて震える。

やはりそうか、サリウス王子はゲイゼリク王の実子だ。

そして……。

「まさか、リリンララ……サリウス王子はあんたの」

ミストームさんは震える指で叫びそうになる口を覆って感情を抑えている。

誰がための愛と悪意なのか、誰が裏切り、誰が犠牲になり、そして誰が何を得たのか。

サリウス王子は若くみえるんじゃない、実年齢より老いたように見せかけているんだ。

サリウス王子の顔に施されたささやかな化粧は、顔を良く見せるためではない。

化粧を落とせば、おそらくは青年と言っても良いであろう若々しい顔が現れるだろう。

50歳にも満たない年齢ならば、彼女達の種族では珍しいことではない。

「レッド……サリウス王子って」

リットの言葉に俺は頷き答える。

「ああ、サリウス王子はハイエルフのハーフヒューマンだ……彼の父親はゲイゼリク、母

親は……リリンララ」

加護が支配する世界だからこそ、人々は加護の外にある血統に権力の後ろ楯《だて》を求める。力ある加護を持つ者ならば誰であっても無条件で従えるほどに、人々は加護を信頼していないのだ。

『帝王』の加護を持ち、ヴェロニアを再び大国へと成長させたゲイゼリク王であっても、人々からは海賊上がりのならず者だと見られ続けてきた。

ゲイゼリク王を認めてしまえば、次は『帝王』の加護を持つ山賊、強盗、放火魔、その他あらゆる者達が、自分たちの生活している世界とルールを破壊し、新しい支配者として君臨するかもしれないのだ。

この世界の王族達のあり方こそが、加護という存在の矛盾をもっともよく表しているように俺には思えた。ロガーヴィア公国の王女であるリットは、彼らの運命に自分もありえたかもしれない未来を見たのかも知れない。

俺と今一緒にいる事を確かめるように、リットは俺の手をぎゅっと握った。

俺もリットの手を握り返して応えたのだった。

第三章　明かされる秘密

俺の名はサリウス・オブ・ヴェロニア。

ゲイゼリク王とミスフィア王妃の息子でありヴェロニア王国の王子。

俺には母上についての記憶は殆《ほとん》ど無い。

おぼろげにあるのは、物静かで俺が遊んでいるのを少し離れたところから見ているような、そんな女性の姿だった。

海賊だった頃の母上や父上と共に王都を襲撃したときの話を聞くと、俺の記憶にある母上とイメージが違ってよく困惑していた。

ヴェロニアの貴族は親が直接子供を育てるようなことはしない。

だから俺の少年時代の思い出にいるのは、隻眼のハイエルフ将軍リリンララだった。

「サリウス、何をしている」

リリンララが俺に声を掛けるときの第一声は、いつもそれだった。

俺が何をしていようと、ひと目見て分かるような遊びであろうと、リリンララはいつもそう言って俺に話しかけてきた。

リリンララは貴族になっても海賊時代と同じように黒い眼帯で片目を覆っている。豪華な貴族のドレスに身を包んでいても、いつも腰には海賊らしい無骨なカットラスを下げていた。周りからはやはり異物として避けられていたが、俺はリリンララと会う時間が好きだった。

リリンララは俺に、上品な貴族や騎士の物語とは違う、心躍る海の物語を語ってくれた。どこにも行けず退屈していた俺を、こっそり自分の船へと連れ出し、海の色と匂いを教えてくれた。

母上が本当の母ではないと知ったのは、アルハゼンと名乗る輝竜《ラディアント・ドラゴン》と共に冒険した時のことだ。

王子と竜が森の悪《あ》しき魔女と戦う、ありふれた冒険だったが……この冒険自体は関係ないことだから省略しよう。

重要なのは、そこで俺がリリンララの部屋にあった一揃いの篭手《ガントレット》を持ち出したことだ。緑鋼を使った見事な逸品で、魔法の品らしく小さな俺の手にピタリと収まった。

まだ子供だった俺でも、そのガントレットを身につけると歴戦の剣士のように自在に剣を振り回し、森の怪物達と戦うことができた。

そして魔女を倒した時……魔女は俺のガントレットを見て口を歪《ゆが》めて笑うと……それが

剣術の篭手《ガントレッツ・オブ・ソードマンシップ》という名のマジックアイテムでハイエルフしか扱えないものだと教えて息絶えた。

衝撃だった。父上も母上もハイエルフではない。

つまりどちらかが俺の本当の親ではないのだ。

そう思った時、俺の脳裏には1人のハイエルフの姿が過《よぎ》った。

意識してしまえば、疑いが確信に変わるのは早かった。というより、最初からストンと収まるべきところに収まったというべきか。

それに魔女の言葉は、俺の老化が極端に遅かったことから裏付けられた。人間と言うにはあまりに俺の容姿は変わらなかった。

俺の母さんはリリンララなのだ。


権力闘争の日々は決して心安らぐものではなかったが、それでもリリンララ《母さん》が俺のために戦ってくれていた事は、嬉しかった。

母上に捨てられ、父上からは何も継がせるものはないと宣告された俺なのに、ずっと母さんが側にいて、ずっと俺を守ろうとしてくれていたのだ。

ありがとうと言いたかった。愛していると伝えたかった。

母さんを母さんとして扱いたかった。

それだけが、俺の望みだった。

父上が病に倒れ、母さんと俺の戦いも終わろうとしていた。最初から分かっていたように敗北という形で。そんな時、レオノール派のある貴族が俺に近づいてきた……母上の居場所という情報を手土産にだ。

それが罠《わな》だとは分かっていたが、俺には別の考えが浮かんだ。

いっそ、母上が俺は息子じゃないと突き放してしまえば、俺達は父上と王国を諦《あきら》められるのではないだろうかと。

そうすればかつての母上と同じように、俺と母さんもヴェロニア王国を捨て遠くへ行き、ただの親子として暮らせるのではないだろうかと。

父上が崩御し、俺が王位につけないとなれば、もう母さんをヴェロニアに縛るものはなにもないはずだ。

そう思ったんだ。

二度と母親を失いたくなかったから。

*　*　*

「二度と母親を失いたくなかったから」

サリウス王子は話を終えると、長く深い息を吐き出した。テーブルに置かれた手には緊張からか汗が浮かび、今はじっと目を伏せている。

俺はリリンララを倒した時に回収した緑鋼の篭手を取り出しテーブルに載せる。

「返すよ」

よく磨かれた篭手には、リリンララとサリウス王子、そして少し離れたところにいるミストームさんの顔が映っていた。

3人は黙ったまま、時間だけが過ぎていく。

「リリンララ」

黙っている3人に替わって、ヤランドララが口を開いた。

「次はあなたの番よ。なぜサリウスはあなたの息子なの？」

ヤランドララの目は剣呑《けんのん》な色を帯びている。

「他に方法がなかった……ゲイゼリクやミスフィアの身体を蝕《むしば》んでいたのは〝埋伏種絶《まいふくしゅぜつ》の毒〟だ」

「埋伏種絶の毒？」

ヤランドララが俺の方を見る。

俺は以前王立図書館の禁書書庫で読んだデーモン学の本の内容を思い出す。

「確か、適量を1ヶ月間ほど飲み続けることで、毒を生み出す体質に人を変えてしまうデーモンの毒薬だな」

「博識だな。私も学者に調べさせ、初めてそんな毒があることを知ったというのに」

「……なるほど〝埋伏種絶の毒〟か、そういうことだったのか」

毒の性質が分かったことで、俺は何が起きたのか理解できた。

「どういうことなのレッド？」

俺の表情を見て、ヤランドララが言った。

「〝埋伏種絶の毒〟は暗黒大陸に住むデーモンの毒だ。その特徴は毒が感染すること」

「感染？」

「あくまで化合物による毒なんだけど、まるで感染症のように毒化した人の体液を取り込むことで他の人にも毒が広がっていくんだ」

「体液を摂取というと」

「まぁいろいろあるが……今回の場合は子作りだな」

「それじゃあ……！」

ヤランドララは驚いた表情を見せた。

「ああ、レオノールは自ら毒を飲みゲイゼリクに毒を感染させた。そしてゲイゼリクを通してミスフィアにも。レオノールの執念はハイエルフすら欺いた」

「じゃあ、ミストームさんの子供が死産だったのは！」

「毒化した血に、赤子は耐えられない。埋伏種絶という名の由来はこの性質からだろう。捕虜を毒化して解放することで、共同体の子供を作る能力を破壊するんだ」

「でもだったらサリウス王子は？　ゲイゼリクの子供なんでしょ？」

リリンララは、同族の目から逃れるようにうつむきながら答える。

「ヤランドララ、お前もよく知っている通り我々ハイエルフは高い生命力を持っている。人間の赤子なら確実に死ぬ毒も、ハイエルフとのハーフヒューマンなら生き残れる可能性があった。ゲイゼリクが子供を残すには……それしか無かったのだ」

そしてリリンララはゲイゼリクと関係を持った。

ゲイゼリクはサリウス王子のことを最初から知っていたのだ。

国を盗《と》った偉大なる海賊ゲイゼリク。

だが王位を得た後は、ゲイゼリク自身の意思が感じられない。

ゲイゼリクは、王位を守ろうとする『帝王』の衝動に振り回され、自由に生きることもできなかった憐れな老人なのかもしれない。死に際にある海賊の王は一体何を思っているのだろう。

「リリンララ、1つだけ正直な気持ちを聞かせて」

ヤランドララはリリンララを真っ直ぐ睨《にら》みながら言った。

「なんだ？」

「そこに他意は無かったの？　あなたの友人であったミスフィアを裏切ったのは、ゲイゼリクの王位やあなた達の立場を守るためだったの？」

「それは……そのはずだった」

眼帯をつけたリリンララの表情が歪む。

「だが私は愛してしまった。ゲイゼリクを愛し、サリウスを愛してしまった。他のすべてを裏切っても良いと思ってしまった。他意は……あったよヤランドララ。私はサリウスの顔を見たとき、心から喜んでしまった」

「そう」

ヤランドララは抑揚のない声でそれだけ言うと、目をつぶりじっと黙ってしまった。

ハイエルフという種族は他の種族をなかなか信用しない。

だが一度、本当に信頼関係を築くことができれば彼女達は決して裏切らない。

相手から裏切られ失望することはもちろんあるが、自分から友情を裏切ることはない。

ハイエルフにとってそれは、人間の価値観からは想像もできないほどに邪悪な行為だ。

かつてヤランドララが、俺を追放したアレスに戦いを仕掛けるほどに怒ったのは、ハイエルフの価値観では、アレスの行為は許されないことだったからなのだ。

「母さん、母上」

次に沈黙を破ったのはサリウス王子だった。

リリンララとミストームさんの２人が顔を上げ、サリウス王子の方を見る。

「経緯はどうあれ……これから破滅が待っているのだとしても、それでも俺は、母さんを母さんと呼べて嬉しいよ。それにもう二度と会えないと思っていた母上とも会えて嬉しい。それだけは……伝えたくて」

サリウス王子の顔に悪意や後悔の感情は無かった。

その表情は純粋で、ハイエルフの爽《さわ》やかな特徴が受け継がれていることがうかがえた。

「席を外すか」

「うん」

俺の言葉にルーティがうなずいた。あとは３人の問題だ。

まだ時間はかかるだろうが、きっとゆっくり話し合えば解決できると、俺はそう信じた。

俺は固まっているヤランドララの手を引き、部屋を後にした。

＊　＊　＊

３人を部屋に残し、俺達は隣の部屋へと移動した。

「ヤランドララ、よく我慢したな」

俺がそう言うと、ヤランドララは胸の中にあるものをすべて吐き出すような、長い息を吐いた。

「人間を色々見てきたから、今はああいう価値観と迷いもあるって分かってる」

ハイエルフにとって、リリンララの行為は許されざる裏切りだ。

ヤランドララの気性の激しさを考えたら、事実が発覚した時点でリリンララを殴り倒してもおかしくなかった。実際、話を聞いていた時のヤランドララの表情は恐ろしいものがあった。

「リリンララは、私よりずっと人間になっていた」

「人間？」

「うん、人間。ハイエルフ達が嫌って、恐れて、愛する人間。これは人間には秘密だけどね、ハイエルフは一生に一度くらいは人間に恋をするって格言があるの」

「そんな格言があるのか？」

「私達にとって人間の寿命は短い、目を離したらすぐにいなくなってしまうほど。でもその短い時間で、私達が長い時間をかけないと手に入らないはずのものを完成させる。その輝きに私達は魅了される。でもそれは私達には得られないもの、私達はハイエルフだから。人間をどれほど愛しても、ハイエルフはハイエルフであることを誇りに思っている」

話しているうちに怒りが静まったのか、ヤランドララは穏やかな表情になった。

「最後にリリンララと会ったのは68年前だったかな。その間に私の知っているリリンララとは違うリリンララになっていたみたい」

「人間になったハイエルフか」

「それだけ激しい恋をしたんだと思う。ハイエルフであることを忘れてしまうほどに激しい恋」

「その相手がゲイゼリク」

「うん」

ヤランドララが感じている感情はなんなのだろうか。

今のリリンララの姿を見て、何を思っているのだろうか。

「まっ、でもねレッド」

「ん？」

「あなたと出会った私の方が、リリンララよりずっと幸せだけどね」

こういうことを真っ直ぐに言うのがヤランドララだ。

「あ、まぁ、うん、そうか」

「あはは、レッドは照れやすいね」

ヤランドララも、リリンララとの確執を呑《の》み込めたようだ。

2人の好敵手《ライバル》関係は、お互いがハイエルフだから成立していたのだろう。

だから、ハイエルフでなくなったリリンララは、同じ価値観で競う相手ではなくなったと。俺の顔を見て笑うヤランドララの顔はなんだか少し寂しそうだった。

＊　＊　＊

ヤランドララとの会話を終え、俺は別の部屋へと向かう。

扉を開けると、そこにはルーティの屋敷で捕虜になっていたハイエルフ達がいた。

「まさかそんな秘密があったなんて」

「うぅ、船長、良かったなぁ」

「誰かハンカチ貸してくれ、涙と鼻水が止まらないんだ」

ハイエルフ達は３人ともボロボロ泣いている。

仕方ないのでハンカチを貸してやった。

「で、１つ聞きたいことがあるんだが」

泣き止むのを待っていたら日が暮れてしまいそうだったので、強引に話を進める。

「レオノールの息子、ウズク王子とシルベリオ王子の加護はなんだ？」

「「「へ？」」」

ハイエルフ達はキョトンとした顔で俺を見た。

「２人とも『闘士《ウォーリアー》』だって聞いているが」

「スキルを使うところは見たか？」

ハイエルフ達は顔を見合わせる。

「見たことはないが、『闘士《ウオーリアー》』の固有スキルは能力強化だから目立たないし」

「身体能力の高さは間違いないぞ。レスリングだと王宮でも敵無しらしい」

「俺の知り合いも一度レスリングの試合をしたそうだけど、すごい力と技だったって」

「でもスキルを使っているところを見たことも聞いたこともないんだな？」

「あ、ああ……」

俺の言葉にハイエルフ達は訝《いぶか》しげだ。

俺はハイエルフ達に礼を言うと、リットの待つ部屋へと戻った。

「レッド、難しい顔してどうしたの？　何か気になることが？」

戻ってきた俺の顔を見て、リットが言った。

俺はリットに俺の感じている疑問を説明する。

「シルベリオ王子とウズク王子はどこから来たんだ？」

「リリンララはレオノールが解毒剤を持っていたんじゃないかって言ってたけど」

「そもそも、〝埋伏種絶《まいふくしゅぜつ》の毒〟をレオノールはどこから手に入れた」

「ミスフィアとレオノールの父親である先代ヴェロニア王は『薬師』の加護を持っていたから、先王が集めていた薬の中にあったとか？」

「普通の毒ならそれもあるだろう。だけど使われたのはハイエルフですら解毒できない暗黒大陸の毒だ。いくらレオノールが王族だからといって、アヴァロン大陸でそんな希少な毒を手に入れられるルートがあったとは思えない。レオノールに暗黒大陸に通じる誰かが毒と計画を用意したんだ」

〝埋伏種絶《まいふくしゅぜつ》の毒〟について、俺も本で読んだことはある。

この毒に変えられた体質を戻すことは容易ではないはずなのだ。

『勇者』の〝癒《いや》しの手〟による奇跡ならば話は別だろうが、魔法や薬ですぐに治るということはありえない。

毒を飲んだのがレオノールで、その身体を以《もっ》てゲイゼリクを毒で汚染したとすれば、レオノールだけでなくゲイゼリクの毒も治療しなくてはならない。

もしゲイゼリクを治療するつもりならば、長期的な治療が必要になりそれをゲイゼリクやリリンララに気付かれずに行うのは不可能。

「だから解毒したという線はありえない」

「うーん、だとしたら別の子を持ってきた？」

「それも妙だ」

「……2人いるもんね」

リリンララが一切情報を摑《つか》めなかったというのも妙な話だが、なにより王子が兄弟だというのが奇妙だ。言うまでもなく王子をすり替えるというのは危険な行為だ。

もしどこからか情報が漏れれば、レオノールは確実に破滅する。

だからリスクを最小限にするために、取り替える王子は１人にするのが普通ではないのだろうか？

必要もないのに危ない橋をもう一度渡る道理はないはずだ。

「もちろん、バレるリスクさえ無ければ、レオノール王妃にとって王子は多いほうがいい。リリンララがハイエルフですら作れない解毒剤の可能性を考えていたのも、王子が本当にゲイゼリクの子であれば辻褄《つじつま》が合うからだと思う」

だが俺の知識でも解毒剤があるとは考えられない。

「つまり、レオノールにとって２人目のシルベリオ王子はリスクじゃなかったんだ」

レオノールには絶対にバレない自信があった。

「……俺の予想が正しければ、レオノールはもっとも恐ろしい怪物だ」

ゲイゼリクの物語の登場人物の中に、ちょうど２人この問題を解決できる者がいる。

アスラデーモンのガシャースラとチュガーラだ。

彼らはゲイゼリクの部下となりこのアヴァロン大陸にやってきた。

「俺はガシャースラと会ったことがあるんだ」

「ガシャースラってミストームさんの航海日誌に書いてあったアスラデーモンの？」

「ああ、レオノールと俺が出会った時、護衛として一緒にいた」

「アスラデーモン達はレオノール派についたんだ」

「多分ちょっと違う、ガシャースラ達こそがレオノール派そのものなんだ」

「それって……」

俺は、ビュウイに化けたシサンダンの姿を思い出す。

ビュウイがアスラデーモンであるとゾルタンの人間は気が付かなかったし、俺も見ただけでは分からなかった。ビュウイの姿が完璧であったからだ、あれは人間そのものだった。

ビュウイは髪が伸びれば切っていたし、爪も人間と同じように変わっていた。

だったら赤子に化けたアスラデーモンは、人間と同じように成長するのではないだろうか？

「だが野望のためにそこまでできるのか」

レオノール。

俺は彼女を知っている。

まだ少年だった俺が出会ったもっとも恐ろしい女性。

あれはもう6年以上前になる……。

幕間《まくあい》

少女と悪女

6年前。

俺はバハムート騎士団の従士として様々な任務をこなしていた。

「フローレスさん、城が見えましたよ」

木々の間を通る街道を走竜《ライディングドレイク》に乗って進んでいた俺は、ようやく見えた城壁を見て言った。

俺の隣で走竜にまたがる老騎士フローレスさんは上司にあたる。

「ようやくきちんとしたベッドで休めるな」

フローレスさんは腰をさすりながら気楽そうに笑った。

これから向かうのは敵地。

紛争状態にあったヴェロニア王国領の城だ。

今回の任務は和睦を結びに行く外交官として、そして和睦が偽りでないことを調査する諜報員《ちょうほういん》として。ものものしい雰囲気が感じられる城を眺め、俺は手綱を持つ手に汗がにじむのをおさえられなかった。

と緊張はしていたが、すでに和睦するということは合意している。

まだ細かいところの交渉はあるが、とくに揉《も》めることもなく冷静な交渉が続いている。

「……ふぅ」

今は休憩時間。

俺は城の中を歩きながら、何か危険な兆候はないか様子を探っていた。

不自然な兆候は特に見られない。

紛争の要所であるこの城の軍備がこの程度なら、和睦と見せかけ奇襲することも考えにくいだろう。これで任務の半分は達成だ。

俺はフローレスさんの待つ部屋へと来た道を戻っていった。

中庭の側の廊下を歩いていた時だった。

「ん、誰かいるな」

中庭に座る少女がいた。

歳は10代後半くらい……うん？

見た目は少女なのだが、言いようのない違和感がある。

その困惑で、俺は足を止めてしまった。

「あら、ごきげんよう」

俺に気がついた少女は貴族令嬢の作法で挨拶する。

ここで無視すると外交問題になりかねないな。

俺も貴族式の挨拶を返す。少しぎこちない。

「こんにちはお美しい方。私はアヴァロニア王国バハムート騎士団の従士ギデオン・ラグナソンと申します」

「まぁ、アヴァロニア王国の従士様でしたのね」

従士様か。

従士とは、言ってしまえば騎士に付き従う見習いだ。

同じ貴族からは下に見られることが多いが、表情を窺《うかが》えば少女はにこやかな笑顔で俺のことを見つめていた。どうも胸がざわつく。

彼女のことを放置できない何かがある。

俺がもう少し経験を積んだ後なら、これが目の前の女性が危険な相手だと直感しているのだと分かるのだが……。

この時まだ少年だった俺は綺麗《きれい》な女性を見たからだと考え、余計な感情だと、その直感を心の隅に押しやった。

「私はノエルと申します」

「ノエル様ですね、こうしてお名前を伺えたことを光栄に思います」

「ギデオン様はお若いのにしっかりしているのね」

　計算された仕草でノエルと名乗った少女は笑った。

　俺は、ただ早くこの場を離れてフローレスさんのところへ戻らなければとしか考えていなかった。

　ノエル……その名は偽名だ。

　本当の名はレオノール・オブ・ヴェロニア。

　少女の外見も錬金術の秘薬で作り上げたものに過ぎず、ヴェロニア貴族の誰もが恐れる傑物だったのだ。これが、俺がレオノール王妃と出会った最初の日だった。

＊　＊　＊

　ノエルは近隣の領主の娘だと自称した。

　紛争が起こり、防御の薄い自分の父親の領地から、堅牢《けんろう》なこの城に移動したのだそうだ。

「ほら見てください、ひまわりの農園です。この辺りでは知られた名所なんですよ」

　ノエルが弾んだ声で言った。

　今の彼女は動きやすい乗馬服を着て馬にまたがりゆっくりと進んでいる。

　その隣を俺は走竜にまたがり並んで進む。

走竜と馬はあまり相性が良くないのだが、ノエルの乗っている馬はよく訓練されていて走竜が近くにいても落ち着いている。

多分、軍馬として高度に訓練された馬なのだろう。

「綺麗ですね」

俺は風に揺れるひまわり畑を見ながらそう言った。

どういうわけかノエルに気に入られたようで、ここ数日こうして城の周辺を連れ回されている。

ヴェロニア側から強く要請されフローレスさんも断れなかったようだ。

実際交渉は順調に進んでおり、俺がいてもやることがないのは確かなのだが……。

もしかすると俺が城を調査しているのに気付かれたのだろうか。

俺の動きを封じるためにノエルの付き添いを要求してきたのでは？

「ギデオン様は」

ノエルが俺に声をかけた。

ノエルは手綱を軽く引いて馬を停止させた。

俺も走竜を止めノエルの方に顔を向ける。

「こうして花を愛《め》でるよりも、戦って加護を成長させる時間の方がお好きですか？」

さて、どう答えればお嬢様のお気に召すか。

俺は耳触りの良い答えを言おうとしたが……ふと、愛らしい作り笑いを浮かべているノエルの目に、貫くような強い感情のようなものを感じて、止めた。

「花を愛でることも好きですよ、戦ってばかりだと何のために戦っているのか忘れてしまうような気がします」

「何のために戦うかは加護が教えてくれるのではなくて？」

「戦う理由を決めるのは自分自身だと私は思っています。加護は理由の1つであって、その理由を受け入れるかは自分で決めるべきです」

「へぇ……やはりあなた若いのに随分大人びていますわ」

ノエルの表情は完璧な淑女のものだ。だが目が違う。

こちらを覗《のぞ》き込むその目は激しい熱がある。

俺は警戒すると同時に、これまで作り笑顔が上手い面倒な貴族としか思っていなかったノエルに少しだけ興味を感じた。

「ノエル様はどうなのですか？」

「私ですか？」

「こうして花を愛でることと、戦うこと、どちらがお好きなのでしょう？」

ノエルは笑った。

それもまた計算された完璧な作り笑顔だった。

「私はこうして花を愛でるのが好きですわ」

「そうですか」

俺はそれ以上何も言わず、ひまわり畑へと視線を戻した。

風に揺れるひまわりは確かに綺麗だ。

6歳の頃からずっと、少しでも強くなるために戦い続けてきた。

いつか旅立つルーティの力になる為《ため》。

俺の村にひまわりは咲いてなかったが、それでもルーティと一緒に見た花の咲いた春の景色を思い出す。いつかまたあの丘で……。

「む」

殺気を感じた。俺は剣の柄《つか》に手を置き警戒する。

「ギデオン様？」

俺の様子が変わったことに気がついたノエルが不安そうに俺の名を呼んだ。

「敵がいます、ノエル様は私の後ろへ」

「……はい！」

ノエルが馬を動かそうとした瞬間、ビュウと風を切る音がした。

「!!」

俺は飛来した矢を抜刀して叩き落とした。

「数は18……か」

離れた木の上に射手が3人。馬を走らせるのが15人。

「馬付きとは随分豪華な賊だな」

槍《やり》を構えて突撃してくる相手を見て、俺はどう戦うかを考える。

相手の目的はなんだろう？

普通に考えればこの地の貴族であるノエルを攫《さら》って身代金をせしめようという魂胆だと思うが……ノエルを守りながら戦うのは厳しいか。

だとしたらこちらから攻めるしかない！

「ノエル様はここでお待ち下さい」

俺は走竜を走らせる。

15本の槍に真っ直ぐ向かってきた俺を見て、賊達は驚き叫んだ。

「若造が！　ヤケになったか!!」

一瞬だけ、槍が躊躇《ちゅうちょ》するように揺れた。

だがすぐに構え直され、怒《ど》涛《とう》の勢いで俺へと向かってくる。

背中に感じる視線はノエルのものか。俺の走竜が最高速に達した。

目の前に槍が迫る。

刹那、俺はかかとで走竜の腹を蹴り合図を送った。

「ギャウ!!!」

短い鳴き声とともに、走竜が小さな翼を広げて槍の上へと飛び上がる。

「なんだと!?」

賊の驚いた顔が下に見えた。

「馬と違って走竜は跳ぶんだよ！」

1人の賊を走竜の脚が踏み砕き、俺の剣が2人の首を落とす。

もうここは槍の間合いの内側、剣の間合いだ。

乱戦になれば木の上のやつらは誤射を恐れて援護できない。

俺は混乱している賊へ次々に剣を振るった。

*　*　*

「ハァハァ……ふぅ」

さすがに疲れた。賊はどれも腕の立つ騎兵だった。

最初の奇襲が成功していなければ、無傷で勝利というわけにはいかなかっただろう。

「ギデオン様、大丈夫ですか」

馬を降りたノエルがこちらに近づいてくる。

俺も走竜から降りた。

「ええ、大丈夫です」

「お強いのですね。もうだめかと思いました」

「見習いとはいえ騎士ですので、賊に後《おく》れは取りません」

「まぁ」

ノエルは表情を輝かせた。綺麗な笑顔だが……やはり目が違う。

返り血で汚れた俺の顔へ絹のハンカチを持ったノエルの手が近づくが。

俺はできるかぎり失礼にならないように、やんわりと制した。

「汚れますので」

「ハンカチは汚すものですよ」

困ったような表情を見せる。可愛らしいと、きっと誰もが言うだろう。

しかし目なのだ、その炎のような目。

その目に見据えられると、俺は賊と命の取り合いをしていた時よりも、よっぽど背筋が冷たくなる。

「つれないのね、女性の好意を受け取るのも騎士の務めですよ」

「申し訳ありません、しかし今は早く城へ戻りましょう、他にも賊がいるかも知れません」

「ふふっ、そうですね。ですがギデオン様がいれば私は何も恐くはありません」

「私は怖いですがね……ここであなたに何かあれば、アヴァロニアの責任にもなりますから」

「本当につれないのですね」

少し拗《す》ねたような……完璧な少女の所作。

俺は足を止め、左手でノエルに下がるよう合図を送った。

「ギデオン様？」

「誰かいます」

〝来る〟ではなく〝いる〟。

接近するまで分からなかった。俺は即座に剣を抜いて構えた。

「大した小僧だ」

木の影が揺れ、大柄な人影が現れた。

堂々たる美丈夫。しかしその腕は２本ではなく６本。

「アスラデーモン⁉」

種族共通の加護しかもたないデーモンの中でも異質な存在。

この世界で唯一加護を持たない種族がアスラデーモンだ。

俺も直接見るのはこれが初めてだった。

ゆっくりとアスラデーモンが２本の腕で斬馬刀《ざんばとう》を構えた。

った。

「な、話が違う!?」

農村から一旗揚げようと傭兵になった彼らは貴族の陰湿さを知らなかった。

城主の裏切った罪悪感すらない冷たい目を見て、傭兵はようやく相手が自分達の価値観とはかけ離れた存在だと理解しただろう。

「ひっ!!」

傭兵達が慌てて逃げようとする中、ノエルだけ目をそらさず城主を睨みつけた。

そしてクロスボウの引き金が引かれた。

「〝雷光の如き脚〟」

俺はノエルの前に飛び出すと、城から拝借してきた長方形の大盾を地面に突き立て構えた。盾に矢が突き刺さる。

「ギデオン様!」

「俺に掴《つか》まれ!」

俺は腰のポーチから発煙棒を3本取り出すと、地面に叩きつけて割った。

黒い煙が視界を覆う。

「何だと? アヴァロニアの従士か! くそ、逃がすな! 斬り込め!」

クロスボウの第2射が足止めのため文字通り闇雲に撃たれ、ヴェロニア兵達が剣を抜い俺は……目をそらさずにレオノールの目を見て答えた。

「お許しください王妃様、お断りします」

「……私の姿が気に入らないのかしら」

「いいえ、あなたの姿はお美しいです。いや姿、というよりその燃えるような目が、私には魅力的に感じます」

「そうですか！」

「ですが、私にはもう剣を取った理由があります、この生命を賭けるべき人がいます。それを失えば、私にはもう戦う理由がないのです」

俺はルーティのために強くなろうとした、そのために騎士になった。

富も、権力も、王妃の愛もルーティに比べたらなんの価値もない。

「お許しください王妃様」

もう一度謝罪を繰り返す。レオノールはこうなることを予想していたかのように穏やかに笑った。

「残念です。ですが、加護を超えた、あなたのその心を私は愛《いと》おしく思ったのです。これは当然の結果なのでしょう、わかりましたギデオン」

「良かった、もしよろしければ……」

「ギデオンを捕らえなさい。抵抗するなら殺して構いません」

「なっ!?」

周囲のヴェロニア兵が一斉に剣を抜いた。

だが俺の腰に剣はない。他国の城で自由に帯剣する権利を俺は持っていないのだ。

「ギデオン。私はあなたに命を救われました。あなたが私のために命を賭けて戦ってくれたことを、心から感謝しています。ですが、感謝したからといって私は私の思い通りにならないものを許しません。あなたの好意に、私は悪意で応えましょう……悲しいことですわね」

「お、お待ち下さい！　従士とはいえ私はアヴァロニア王国の外交官としてここにいます、この訪問は和睦のための交渉！　もし私を斬れば和睦交渉は決裂したとみなされるでしょう！　せっかく終わりかけていた戦いを、私のためにまた始めるおつもりですか！」

「ええ、私を愛してくれないあなたを殺すためならば、どれだけ血が流れても構いません」

「なんという……」

レオノールの目に躊躇《ちゅうちょ》は無かった。まだ少年だった俺は混乱していた。

俺は初めて理解できない人間の悪に出会ったのだ。

*　　*　　*

逃げながら、フローレスさんはそう言って笑った。

それから何度も危険な目に遭いながら、俺達はなんとかヴェロニア王国の国境を越え、無事逃げ延びて帰国し戦争は回避された。

そして王都に戻った俺は、騎士の叙任を受け正式な騎士となったのだった。

第四章　ゾルタンの情けない英雄達

港区が解放されてから5日後。ゾルタン下町。

俺はたくさんのオレンジの詰まったカゴを背負って歩いている。

「レッド兄ちゃん、どうしたそんなオレンジ集めて。ジャムでも作るの？」

昼ごはんを食べてきたところなのか、タンタは上機嫌のようだ。

「いや、サリウス王子達とゾルタン上層部とのパーティーがあるのは知ってるか？」

「うん、今日の夕方からだよね？　ミストームさんやルーティさん達がなんとかしてくれたんでしょ！」

まだサリウス王子達自身の問題は残っているのだが、とりあえず教徒台帳や港区の襲撃、今はゾルタンの民であるミストームさんの命など、ゾルタンにかかわる問題はすべて解決している。

サリウス王子は港区襲撃の件で約束通りに賠償金を支払い、教徒台帳をよこせという要求も取り下げた。

ゾルタン側も大国の王子の面子《めんつ》を立てるために、物資の補給や海兵達の港区への立ち入りを許可するなどささやかな譲歩を提案し、それらの正式な調印も兼ねた式とパーティーが今日の昼過ぎから行われるのだ。

「で、サリウス王子達のとは別会場で一般海兵達の立食パーティーもあるんだ。そこで使うオレンジを運んでるわけ」

「なんでレッド兄ちゃんが？」

「なんでだろうなぁ……実は俺が何品か作ることになったんだ」

「そうなの!?」

俺は苦笑しながら首を傾げる。

俺は薬草店の店主であって、料理人ではないのだが。

「でもレッド兄ちゃんの料理は美味《おい》しいから、きっとみんな喜ぶよ！」

「だといいなぁ」

タンタの無邪気な笑顔に癒《い》やされながら、俺はあれだけの大人数に料理を振る舞うという未知の領域に不安を隠せなかった。

お腹《なか》痛い。

なんでこうなったのかというと……話は少しさかのぼる。

＊　＊　＊

リリンララ達をサリウス王子に返還した日。

あの後、ミストームさんとサリウス王子とリリンララを部屋に残して俺達はヴェロニア海兵達がいる宿屋のホールへと降りていった。

そこでは兵士達が交代で食事を取っているようで、スープとパンを食べていた。

「そういえばお腹が空《す》いたな」

外はもう暗い。

ニューマンの診療所に薬を届けるために店を出たのがお昼前、途中でリリンララと戦って、ルーティの屋敷に連れていき、ミストームさん達を呼んで、サリウス王子が攻めてきて、リリンララ達を連れてここへ来た。なかなか忙しい日だった、明日はのんびりしたい。

「おう、腹減ってるのか？」

兵士……どうやらハイエルフのハーフヒューマンらしい男が俺に声をかけてきた。

男の耳は先端がわずかに尖《とが》っているだけで人間と変わらない。体の特徴もほとんど人間のものだ。

曾祖父母《そうそふぼ》くらいの世代にハイエルフがいたという感じだろう。

常日頃から日焼けし荒れた肌は間違いなく船乗りのものだが、その顔には髭《ひげ》がなく、目元は似合わないほど涼しげでハイエルフの面影を感じさせる。

この男も、俺達がホールに戻って来たときはリリンララを捕らえた相手として敵意の眼《まな》差《ざ》しを向けていたが、一緒に捕虜になっていたリリンララの部下達が和解したことを説明したあとは、すっかり好意的になっていた。

「だったらこれで良ければ食うか？」

そう言って男はテーブルのスープを指差す。

ヴェロニア海軍の料理か、元軍人としては一体どんな味付けなのか気になる。

「そうだな、少しもらえるか？」

「いいとも」

どうやら男は下士官だったようで、部下達に大声で命令を飛ばすと、無精髭を生やした兵士達がすぐに人数分のスープとパンを持ってきた。

スープは僅《わず》かに白く濁っているが、皿の底まで見える程度には透明だ。

匂いは……あまりない。

スープの中には豚肉と不揃いに切られたネギと人参《にんじん》が浮かんでいる。

豚肉は分厚く、赤みが残っていた。

「…………」

もしかしてこれ。

俺はスプーンでスープを少しすくって口に含む、塩水だった。

具材を食べてみると、どれも火がしっかり通っておらず芯が残ったり、それどころか中が冷たかったり。つまりは。

「まずい」

俺の隣で食べていたルーティがはっきりと言った。

顔は無表情だが、眉《まゆ》が微妙にハの字になっていて、わりと深刻に美味しくないと思っているようだ。その言葉を聞いて下士官の男は怒ることなく笑った。

「だとよクルト！　やっぱり不味《まず》いんじゃないか！」

「すんません、俺料理スキルなくて」

クルトという名の兵士が笑って言う。

スキルというかそもそも料理の基礎知識がないように思えるが。

「俺コックです。船でも料理を作ってます」

クルトは恥ずかしそうに頭をかいている。いやいや、いくらなんでもおかしい。

「ちなみに料理の経験は？」

「軍に入って初めて料理しました」

「……誰か料理を教えてくれる人は？」

「料理は教わりませんでしたが、在庫管理と船員の盗み食いの防ぎ方は教えてもらいました」

「おうよ、料理は下手だがクルトは『狙撃手』だ。見張りの腕は大したもんだぞ」

「ありがとうございます」

確かにそれも重要なのだろうが……だが。

「よし」

俺は立ち上がった。

「俺が料理しよう」

「なに？」

「せっかくゾルタンに来たのに、これがゾルタンの食材を使った料理とかゾルタン市民として納得がいかない」

「お、おぉ？」

まぁ一番の理由は空きっ腹に不味い飯が耐えられないからだが。

有無を言わさず俺は厨房《ちゅうぼう》へ移動し、一応一緒についてきたものの困惑しているクルトを気遣うことなく、手早く準備した。

お腹が空いているのだ。作るのに時間のかかる料理は今回パスする。

「作るのは同じ豚と野菜のスープだ」

人参は皮を剝《む》かず小さめに切る。根菜は皮の近くが一番美味しい。

ネギは白い部分は斜めに薄く、緑の部分は細かく刻む。

次にバターを大きめに切り分け塊を鍋に溶かす。

それから野菜を入れてしっかりと炒《いた》める。炒めることで野菜の煮崩れを防ぎ、旨味《うまみ》や栄養が溶け出さなくなるのだ。

豚肉は薄くスライスして野菜の上に敷く。

水は野菜の半分ほど入れる。スープにするのはまだだ。

中の水が沸騰してきたら蓋をして7分ほど蒸す。これなら煮込むより早く火が通るし、野菜の甘味が逃げない。

それから水と塩を入れひと煮立ち。味見をしながら塩や胡椒《こしょう》、それから小壺《こつぼ》に入っていた魚粉を少しだけ加えて味を整える。

最後に彩りとして刻んだパセリをパラパラと浮かべて完成。

「よし」

器に盛れば野菜の良い香りがした。

「お、俺にも分けてくれよ」

「いいぞ、20杯分くらい作ってある」

クルトは俺から器を受け取るとその場で一口食べた。

「うまっ!!」

軍艦での生活は常人には耐え難いほどに厳しい。

そのため寄港したときに兵士をすべて港に降ろすと脱走兵が発生する。

多くの場合、管理できる程度の人数を交代で港に降ろして休暇を取らせ、それ以外の大半の兵士達は船の中で過ごす。

兵士の扱いが悪い船長だと何年も船から降ろさないなんてことすらあるのだ。

つまり港に寄港している間も、彼らは大抵船の中で食事をする……あのまずい食事をだ。

「こんな美味《うま》いもの久しぶりに食ったよ。あんた『料理人』か？」

「いや、料理スキルはコモンのレベル1だけ取っているけど、それだけだよ」

「レベル1でこんなに美味くなるのか!!」

「スキルもあるが、まず料理の基本を覚えることだ」

下ごしらえの意味、調味料の原則、そしてどのような味になるのか想像しながら料理すること。

それだけのことだが、何事も加護とスキルだと思っている者が多いこの世界で基本はないがしろにされがちだ。

基本が無くても、レベルを上げればなんとかなるという現実がそういった風潮を助長している。

まぁなんとかなってしまうのだからそれでもいいのかもしれない。

だが、こうして料理ができないのをスキルが無いから仕方ないで済ましてしまうのは問題だろう。

「なるほど、料理ってそういうこと考えながらやるんですね」

俺が基本的な調理法と調味料の使い方を教えてやると、クルトは感激したように何度も頷《うなず》いた。

口調もなぜか敬語になっている。

「じゃ、配膳を手伝ってくれ」

結局、船旅でも使えそうな料理として、パン粥《がゆ》や干し魚のふっくら焼き、ビールに合いそうな塩気のきいたマッシュポテトなど、がっつり料理してしまった。お腹空いてるのに。

これら追加で作った料理はクルトにも手伝ってもらっている。まぁパン粥も干し魚のふっくら焼きもマッシュポテトも簡単な料理だ。

「はい！」

クルトは上官に向けるような敬礼をすると、食器を持ってキビキビと配膳しにいった。

さすがにここにいる全員分とはいかないが、大勢で食べられるくらいの量はある。

こんなことをする義理はなかったかなと思いつつも、向こうの部屋で起こった歓声を聞いて、俺は口元がニヤけるのを自覚していた。

まぁ料理はウケた。

「こんな美味い料理食ったのは久しぶりだ！」

ついさっきまで敵のはずだったヴェロニア兵達に囲まれ、俺は大層な称賛を受けている。

「なにより、こっちの美味いつまみをクルトのやつが作ったというのがすごい！」

マッシュポテトくらい誰でも作れる……というのは料理の基礎を知っている人間だから思えることだ。剣を握ったことのない者に剣を振らせてもまともに斬れないように、鍋に触れたこともないような者には肉を焼くことだってままならない。

そして、失敗したのはスキルがないからだと納得してしまって、とりあえず食べられるものができれば、それがスキルなしで作れる限界だと認識してしまうのだ。

「本当だ、これは美味い」

「でしょう、私のレッドはすごいんだから」

「そうだそうだ、私のお兄ちゃんはすごい」

いつのまにかホールに降りてきていたサリウス王子達と、なぜか肩を並べて胸を張っているリットとルーティ。

「ふうむ、料理については私もどうにか改善しないといけないとは思っていたんだ、リリンララはそこらへん無頓着だったからなぁ」

そうつぶやきながら何度も頷くサリウス王子。

なんか厄介なことになりそうな気がこのときから俺はひしひしとしていた。

＊　＊　＊

そして現在。ヴェロニア軍立食パーティー会場。

騒動の後、なんとわざわざミストームさんとトーネド市長が俺の店までやってきて、兵士向けの立食パーティーを開いてくれと依頼に来て、こうなった。

「先生！　今日はよろしくお願いします！」

ヴェロニア軍コックのクルトはキラキラした目で俺に挨拶してくれた。

『料理人』の加護持ちに任せたほうがいいとは言ったのだが、サリウス王子とリリンララがどうしてもと言ってきたらしい。

それにクルトに料理を教えるという目的もあるようだ。

まぁ正直報酬はかなりいい、普段のお店の売上が霞《かす》むほどだ。

「こんな場所でおでんを出せるなんて、おでん屋冥利《みょうり》に尽きるってもんだね！」

腕まくりするのはおでんの屋台店主であるオパララ。

「いや、マジでよろしく頼みます」

俺はそう言った。オパララは不安になった俺が頼み込んで来てもらった助《すけ》っ人《と》だ。

「でも、今日の主役はレッドの旦那だからね。私は脇役、筋は通すさ」

そう言って、オパララは満面のドヤ顔で牛すじを準備しはじめた。

今のは何？　おでんジョークなの？

「まぁ、あんだけ報酬もらってるわけだしな、やるだけやらないとな」

俺は愛用の包丁《キッチンナイフ》を取り出し、エプロンを身につける。

「そういえばレッドの包丁は銅製じゃないんだね」

「そりゃな」

「何がそりゃなよ。剣の方が大事でしょうが」

オパララは面白そうに笑った。

確かに命を預ける武器が銅の剣なのに、料理を作る包丁は鋼鉄製というのは言われてみれば不思議な気もするな。

「レッド」

俺を呼ぶ声に振り返れば、そこにはリットとルーティがいた。

「アシスタントの準備もＯＫだよ」

「頑張る」

リットは赤いエプロンを、ルーティは丸いネコの顔が描かれたエプロンを着て、なぜか２人ともお玉を右手に装備している。

「料理っぽいと思って」

えへへとリットがバンダナで口元を隠しながら笑った。

可愛いのだが、この2人は料理は得意ではない。

超人的な身体能力も精霊魔法の力も料理の前では無力だと考えると、料理は奥深いな。

さて、料理へとそろそろ取り掛かるとするか。

俺は持ってきた食材をテーブルの上に並べていった。

「私の方はいつものようにおでんを中心に作るけど、レッドの旦那はどうするんだい？」

オパララが言った。

屋台を引いて次々にくるお客を相手にしているオパララにとって、１００人を軽く超える兵士達の立食パーティー程度なら気負うほどでもないのだろう。

オパララは俺に話しかけながら、手を止めることもなくテキパキと料理の準備をしている。普段通りのその態度は頼もしい限りだ。

「俺の方はオニオンスープ、レタスサラダとトマトとチーズのサラダの2種、それとガーリックステーキ、フライドポテト、デザートにベリータルトとカスタードトライフル」

「ずいぶん種類作るんだね。１人で大丈夫かい？」

「１人じゃないから大丈夫だ」

リットとルーティは向こうで野菜の皮を剝いたり、切り分けたりと分担して下ごしらえをしてもらっている。

「でもあの２人は料理スキル無いんだろう？」

オパララはそう俺に言った。

この世界では複数人で料理するという行為は簡単な作業ではない。

料理の出来は料理人の持つ加護によってもたらされたスキルに左右されるからだ。

なので、調理は一品ごとに分担して作業をするのが基本だ。そうしなければ料理の品質を保てない。

「大丈夫、２人とも頼りになるパートナーだよ」

俺は今回の料理でスキルが作用するタイミングを把握している。

どの部分を任せて、どの部分を自分でやるか、それさえ分かっていれば問題ないのだ。

「レッド！　皮むき終わったよ！」

「ステーキ用の肉の切り分け終わった」

そして料理スキルがなくても２人の身体能力はずば抜けている。

何をするべきか理解したときの単純な作業スピードは一流の料理人にだって引けを取らないだろう。

「よし、じゃあ次は……」

俺の指示でリットとルーティが次々に料理の下ごしらえを進めていくのを見て、さすがのオパララも料理の手を止めて唖然《あぜん》としていた。

俺はオパララの方へと振り向きニヤリと笑う。

「頼りになるだろ？」

「全くとんでもないやつらだよ」

オパララは降参とばかりに両手を上げていた。

＊　＊　＊

大皿に載った料理がずらりと並んでいる。

補充についてはオパララや別の料理人達がやるそうで、俺の仕事はパーティー開始時にはもう終わり。あとはこうして、オパララのおでんを食べながらヴェロニア兵達の反応を眺めるだけだ。

「このステーキすごく美味いな。船で食べる肉と全然違う」

「ソースが違うのだろう。それにこの小さなにんにくのチップが味を引き立てているんだ」

「オニオンスープがまた合うな」

「白いチーズと赤いトマト、それに緑のバジルが色彩豊かで、見ているだけで美味そうだ。もちろん食っても美味い」

評判は上々。どのヴェロニア兵達も、日焼けした顔で楽しそうに笑っている。

「しなびてない野菜だぞ！　やべぇ！」

「生焼けじゃない肉だ！」

……喜んでもらえているのは評価の基準が低いだけな気もするが、まぁ美味しかったことに変わりはないはずだ。

「味がついてる!!!　すげぇぇぇ!!!!!!」

1人の兵士が感極まって叫んだその言葉を聞いて、俺はさすがに頭を抱えてしまった。

「はは、悪いね。彼も悪気があるわけじゃないんだ」

「サリウス王子」

振り返ればサリウス王子が、ステーキとフライドポテトを載せた皿を持って笑っていた。

「議会の方で外交パーティーに参加されていたはずでは」

「そちらはリリンララが対応してくれているよ。伝説の妖精海賊団船長の話をみんなせがんでね。わざわざ楽団のバックミュージックを流しながら語らせているんだ。あのリリンララが照れてミストームに助けを求めるなんて、面白いものが見られたよ」

「それはなんとまぁ」

「そういうわけで俺はちょっと兵士達の様子を見てくると抜け出してきたわけだ。兵士達が絶賛していた君の料理を食べてみたかったというのが本音だがね」

「王族の方のお口に合うほどではないですよ」

「謙遜《けんそん》だな。ロガーヴィアの姫君は君の料理を大層褒めていたじゃないか」

その姫君が作った料理でもあるんだが。さすがにそこまでは予想もしていないだろう。

それがなんだか面白くて俺はくすりと笑った。

「ではどうぞ召し上がって下さい」

「遠慮なく」

サリウス王子はステーキを一口食べると、少し驚いた表情を見せた後あっというまに食べきってしまった。

結構な食べっぷりだが、それでも気品を感じるのは王族のためかハイエルフの血によるものか。

「美味《うま》いな。君を我が船のコックとして迎え入れたいくらいだ」

「謹んでお断りいたします」

サリウス王子は口を大きく開けて笑った。サリウス王子は礼服を着崩している。

カッコはいいが、貴族からは眉《まゆ》をひそめられそうだ。

「ん、これが気になるか？」

サリウス王子は俺の視線に気がついたのか、自分の服を引っ張る。

「礼服は窮屈でたまらんよ」

「王宮では着る機会も多かったのではないですか？」

「俺は昔から動きやすい服が好きでね。リリンララ……母さんによく叱られたものだよ」

サリウス王子はそう言ってから少し照れたような笑みを浮かべた。

「そういうところは父上に似たのかもしれないな、父上もよく側近を困らせていた」

「父君ですか」

『帝王』の加護を持つ海賊ゲイゼリク。

英雄であり多くの人間の人生を狂わせた張本人でもある。

「君達は良いやつだな」

「は？」

「父上の話をしたら表情が僅《わず》かに変わった。我々のために表情を曇らせてくれるのか」

「まぁ思うところはありますね」

「父上の加護は絶大な力を持つ。仕方がなかったんだよ」

だが俺の身内には『勇者』を宿すルーティがいる。

ルーティはあれほど強固な衝動に縛られても、ルーティであろうとし続けた。

だから俺は、『帝王』だから仕方がないと割り切ることに不満があるのだ。

そんな俺を見て、サリウス王子は目を細めた。

「我々は君達にずいぶんと迷惑をかけたと思っている」

「そりゃあゾルタンにとっては前代未聞の大騒動でしたからね」

「だというのにこうして骨を折って料理を作ってくれた。ゾルタンの人々もそうだ。他の国なら、ここまで暴挙を働いた相手を謝ったからはいそうですかとはいかない。石を投げてくる市民の1人や2人いると思っていたのだが」

「戦闘が発生していたら、ここまで穏便にはいかなかったでしょうが」

「権謀術数《けんぼうじゅっすう》渦巻くヴェロニアの王宮で育った俺には眩《まぶ》しいほどの素朴さだ……ゾルタンでは年功序列で権力者が決まるというのは本当か？」

「ええ」

サリウス王子は「おおっ」と驚いている。

「俺の国もそうであれば継承問題など気楽にできたのだろうな」

「ヴェロニアのような大国でそんなやり方をすれば、すぐに破綻《はたん》しますよ」

「そうだろうか、案外上手《うま》くいくかもしれないぞ？　トップなど飾りでいいんだ、国を動かすのは人だよ」

「『帝王』の息子であるあなたがそう言いますか」

「俺の加護は『帝王』ではないからね。ありふれた『射手《アーチャー》』の加護さ。射手の役割である俺が王などおかしいだろう？」

「今王子自らおっしゃったではないですか」

「……何か言ったかな？」

「国を動かすのは人だと。加護ではありません」

サリウス王子は少しの間呆然《ぼうぜん》としたあと苦笑した。

「困ったな。本気で君をスカウトしたくなった」

「断りますがね」

「一体君は何者なのか……いや、それを考えるのは野暮《やぼ》だな」

サリウス王子は近くを歩いていたボーイを呼び止め食べ終わった食器を渡した。

「そろそろ戻るよ。残る調停も半月もせずに全部終わるだろう。我々はヴェロニアに使者を送るが、多分帰らずにどこかの国に身を寄せることになると思う」

「戦いますか」

「すべてを捨てて東方に逃れようかと考えていたが……父上亡き後、魔王軍の属国となる我が国を見るのも忍びない。この身に流れる父上の血があれば、ヴェロニア解放という大義名分も立つだろうさ」

俺は微笑むと、サリウス王子と握手をかわした。

「ご武運を」

「ありがとう、打算の無い応援の言葉というのは良いものだな」

祖国を敵に回す辛《つら》い戦いになるのだろう。

だが今日この瞬間のサリウス王子の顔は爽《さわ》やかな笑顔だった。

＊　＊　＊

ゾルタンから西へ約１５００キロ。

洋上を黒い煙を吐き出しながら進む鋼鉄の軍艦。

その船室で、10代にしか見えない少女がドレスを着てソファーに座っている。

彼女こそがレオノール・オブ・ヴェロニア。

ヴェロニア王国王妃であり、ゲイゼリクの余命が尽きようとしている今ヴェロニア最大の権力者と言っても過言ではないだろう。

「どう？　サリウスは動いた？」

レオノールの鈴を転がしたような声を受け、座禅を組んで座る２人の王子が目を開ける。

王子達は２人とも身長２メートル近い美丈夫だ。

ウズクとシルベリオ、２人の王子はゆっくりと目を開くと母親ということになっているレオノールへ白い歯を見せて笑いかけた。

「母上、ついにサリウスはゾルタンを襲撃しました」

「そう、よくやったわ」

レオノールは歪《ゆが》めた口元を扇で隠して、上品に笑った。

もちろん、レオノールはエルフではない。彼女の年齢はとうに60を超えていて、本来ならば老境に入っているはずだ。

レオノールは、さまざまな薬品と魔法によって肉体の若さを保っている。この肉体は抱えきれないほどの黄金を注ぎ込んで作られたものなのだ。

だが、この「肉体」という単語は外見のみを指す。錬金術や魔法の力を以《もっ》てしても、命を延ばす方法は知られていない。そんなものがあるのならそもそも世継ぎ問題など起こらなかっただろう。

レオノールもまた老いている。

「これでリリンララもサリウスも、そしてお姉様もお終《しま》いね」

リリンララ達を討伐する大義名分はできた。

あとはこの魔王の船ウェンディダートと、リリンララが離れた隙に指揮権を剥奪《はくだつ》し奪った最新鋭のガレオン船が8隻。従わなかった船員達は船から降ろし、今は傭兵《ようへい》達が船を動かしている。

ゾルタン程度なら造作もなく滅ぼすことができる艦隊だ。

「しかし母上が自ら赴くことはないのでは？」

シルベリオの言葉はもっともだろう。

ミスフィアと違いレオノールに戦うスキルはない、軍を指揮するスキルも、船を操ることも天候を読むこともできない。

レオノールがここにいても何の役割もない。だがレオノールは首を横に振った。

「私は健康にも気を遣っていました。なぜならお姉様より長く生きたいから。お姉様が失意の人生を送り、私が幸福な人生を送る。その時間が長ければ長いほどいい。だから私は、お姉様を殺さなかった」

レオノールは自分の脇腹に触れた。

「肝臓の病だそうです。薬で抑えていますが、ゲイゼリクの次は私でしょう」

「ふむ」

人もエルフもデーモンもやがて死ぬ。それが不死のアスラには無い。

「だから私は死ぬ前にお姉様が苦しんで死ぬところをこの目で見なければならない」

レオノールの瞳は今も実の姉への憎悪で燃えている。

自分の死期を悟ったからこそ、レオノールの心は生命力で溢《あふ》れていた。

「人間というのは面白い」

「全くだ」

人間は面白い。

だから2人はこのヴェロニアに留《とど》まり、長い時間をかけて王国を乗っ取るという方法を選んだのだ。

『帝王』という希少な加護を持ち、加護の求める通り王となったゲイゼリク。

『海賊』の加護によって天職である海賊であったはずが、ゲイゼリクのために将軍となったリリンララ。

『アークメイジ』という強力な加護を持ちながら故国から逃げ出したミスフィア。

そして『闘士』というありふれた加護を持ちながら、3人の英雄達を策謀で翻弄し、今勝利を収めようとしているレオノール。

「結末まで見ないことには収まりがつかんな」

「ああ、母上がどうやって死ぬのか、私は今から楽しみだ」

アスラデーモンはまるで楽しみにしている演劇の話でもするように、レオノール達の人生を笑っていた。

* * *

半月後。ゾルタン港区。

ゾルタンの港は海ではなく川に接した規模の小さなものだ。

小型の貨物船なら港から延びる桟橋の近くまで入港できるが、大型船や何百人もの軍人

「……そうかな」

「それになにより、ゲイゼリク王が問題だ」

「ゲイゼリクが？」

「ゲイゼリクは『帝王』。希少な加護で情報が少ないから確かなことは言えないが、おそらくは40年前の時点ではサリウス王子を受け入れたりはしない」

「ゲイゼリクと会ったこともない貴様がなぜそう言い切れる」

「あの時必要だったのは王家の血を受け継いだ世継ぎだ。ゲイゼリクの血じゃない。ゲイゼリクがサリウス王子の出自を知れば、必ずレオノールの子を優先する」

リリンララは眉《まゆ》をひそめ、俺を睨んだ。

「もし加護の衝動を抑えられるなら、レオノールと関係を持ったりはしないだろう」

リリンララは憮然《ぶぜん》とした表情を浮かべていたが、反論はしてこなかった。

俺は小さくため息を吐き、できるかぎり明るい言葉で話を続ける。

「まぁそういうわけだから、過去を後悔しても仕方がない。手を抜いたのならともかく、その時最善だと思う選択を続けてきたんだろ？　だったらそれも人生だ」

「正しかったかどうかなどデミス神のみぞ知ることか……そうだな」

リリンララは素早く釣り竿を持ち上げた。

釣り上げられたフナがピチピチと身をくねらせている。

「私の方が先に釣れたな」

「そんな軽口が叩けるならもう大丈夫だろう」

やれやれ。

「レッド、貴様実は」

俺の顔をじっと見ていたリリンララがつぶやいた。

「うん？」

「妖精《フェイ》かなにかで、私より歳上だったりはしないか？」

「するわけないだろ」

「くくっ、冗談だ」

リリンララは楽しそうに笑っている。ほんの半月前に、お互い敵として命のやり取りをしたとは思えない態度だ。

ハイエルフは相手が信頼できると分かると態度が変わる。

どうやらリリンララの信頼のラインを越えてしまったらしい。

「サリウスも貴様のことを気に入っていたようだが……どうだ、私達は嵐に遭って沈みかけの船だが、もし嵐を乗り切れば財宝も名声も思うがままだ。貴様なら公国の王の座すら手に届くだろう……私の船にこないか？」

「遠慮しておく、俺はゾルタンの暮らしが好きなんだ」

「即答か、残念だ……お、貴様の釣り竿、引いているぞ」

「ああ、なんか大物がかかったような……ぐ、重い」

俺の剣の鞘に結ばれた糸がピンと張っている。

撓《しな》りのない鞘では、糸にかかる衝撃を緩和できないので魚が暴れるとすぐに切れてしまうだろう。動きに合わせた竿さばき……ではなくこの場合は鞘さばきが必要だ。

「だからちゃんとした釣り竿を使えと！」

リリンララの言葉にちょっとだけそうかなと思ったその時、俺は川の中に青い影を見た。

うーん、あれは。

「……いや、その、これ」

俺はぐっと両手に力を込めて持ち上げると。

「じゃーん」

糸を掴《つか》んで水面に浮かび上がってきたのは、何やらポーズをとっている微表情の少女だった。

「な、貴様は⁉」

さすがのリリンララも心底驚いている様子で、口をパクパクさせている。

まぁそうか、船を扱うスキルは持っていないから泳いだほうが速いもんな。

「タオルはいるか？」

「大丈夫」

俺の言葉に少女は首を横に振る。

驚き戸惑うリリンララの姿を見てなぜか満足そうにしているその青い髪の少女は……俺の妹であるルーティだった。川から上がると、ルーティは息を吸い込み、ぐっと身体に力を込める。

パン！

なにか破裂したような音と共に、水気が細かい蒸気となって消し飛んだ。

「これでよし」

ルーティは服や身体が完全に乾ききったことを確認すると、思考停止しているリリンララへ。

「ヴェロニアの艦隊がやってきた。指揮官はレオノール王妃、ゾルタンまであと16時間くらい」

淡々と、そう告げたのだった。

＊　＊　＊

俺は1人、港で釣りをしていた。

ルーティとリリンララはゾルタン議会に出ているはずだ。

川を見れば、リリンララの船が急ピッチで出港準備を行っている。

追ってきたのがレオノールの指示によるものなら、ゾルタン自体には用はないだろう。

リリンララ達もゾルタンに籠《こ》もって戦うつもりはないだろうし、そんなことをしても勝ち目はない。

ならばリリンララ達は、ゾルタンを離れどこかに逃げるしかないだろう。

「レオノールか」

俺はかつて、俺が命を救い、愛していると言われ、そして俺を殺そうとした女性の顔を思い出していた。

「よっと」

釣り糸のついた鞘を引くと、小さな魚が針に食いついていた。

「こんな釣り竿でもたまには釣れるか……スープに使えるな」

我ながら、ヴェロニアの艦隊が迫っているとは思えない時間の潰し方だ。

だが。

「レオノールは俺を見ればひと目で正体を見抜くだろうな」

ミストームさんにとって、レオノールがミスフィアとしての敵であるように、俺にとってもレオノールはギデオンとしての敵となるだろう。

それが、切り払っても、切り払っても、過去が追いかけてくるようで憂鬱《ゆううつ》に感じていた。

「レッド」

リットの声がした。

振り返ると、リットが両手に白い湯気を立てるコップを持って立っていた。

「どう、釣れてる？」

「小さな魚が一匹だけだ」

リットは俺の隣に座り、コップを差し出した。

差し出されたのはミルクココア。

リットの魔法によって温められており、冬の川で釣りをしていた俺の身体にじんわりと広がっていくようだった。

「美味《おい》しい？」

「うん、すごく美味しいな」

「でしょう、ずっと練習してるんだ」

「練習を？」

「レッドが作ってくれるお茶やココアは美味しいけれど、レッドだって誰かが作った飲み物が飲みたい時があるでしょ。そういうときに私がレッドのために作ってあげられるように」

もう一口、ミルクココアを飲む。

優しい甘さと、凍えたからだを包み込むような温かさ。

「美味しい」

俺は固まっていた口元の表情筋が解けていくような気がしていた。

俺とリットは2人並んで川と、ずっと向こうにあるリンララの船を眺めた。

「レッド」

「なんだ？」

「前に言ってくれたよね、スローライフは生き方を縛るものじゃないって」

「シサンダンの時か」

「今度は私から言うね。私達のスローライフは、何かを我慢するものじゃない。私達は私達のペースで一番楽しく、そして悔いの無い人生を送るものじゃないかな」

リットの肩が俺の肩に触れた。

空色の瞳が俺の目をじっと見つめ、可愛い口が優しく笑っている。

「何かあったら何かあったときに考えようよ。もし戦いが私達のことを追っかけてきたのなら、やっつけてもいいし、面倒なら逃げても、無視してもいい。大切なのはその時にやりたいようにやるってこと、何かに縛られて人生に悔いを残さないようにすることじゃないかな」

ゾルタンも徹底抗戦を……いやミストームさんの性格からしてありえないな」

「はい、もちろん違います。ミストームさんは議事録を見た後、すべて同意しています」

「その後か」

「ミストームさんがサリウス王子と共にゾルタンを出ると言ったんです」

「……なるほど」

確かに、それならば言ってもおかしくない。

「それでゾルタン側の反応は？　ミストームさんはゾルタンの英雄と慕われている。出ていくのに反対されたのか？」

「まず反対が最初にあり、そこでミストームさんは会議のメンバーに自分の素性を明かしました」

「ヴェロニアの王妃だと言ったんだな」

「それでゾルタン側もミストームさんがサリウス王子に同行することを認めるしかありませんでした」

「それなら解決だろ？」

「それが……」

その時、廊下の向こうにある階段からガチャガチャと金属が擦《こす》れ合う音がした。

「なんだ？」

「分かりません」

ティセも何事かと音の方へ視線を向ける。

足音と共に金属音は近づいてきて、階段を上り切ると、やがて廊下に姿を見せた。

「おお、レッド君に英雄リット！　君たちも来てくれたのか!!」

そう叫んだのはトーネド市長。

その後ろにはゾルタンのお偉方が揃っている。

だがその出《い》で立《た》ちは俺もリットも見たことがないものだった。

「ヴェロニア王国何するものぞ！　今こそゾルタンの誇りを示す時！」

太った貴族が拳《こぶし》を振り上げて叫ぶ。

動きに合わせてガチャリとまた音がした。

そこにいる者はみなすでに中年も半ばを過ぎて、中には70を超えた老人もいるというのに、全員が鎧《よろい》具足に身を包み、血気盛んに表情を輝かせ廊下を進む。

腰にはピカピカと輝く真新しい剣も佩《は》かれていた。

「トーネド市長、これは一体」

俺は戸惑いを隠せず聞いた。市長は丸顔いっぱいに勇ましい笑みを浮かべた。

「ゾルタンは悪逆無道のレオノール王妃と一戦交えることにしたのだ！」

なるほど、これが揉めていた理由か。

だがまさか慎重なトーネド市長が、こうなるとは思わなかった。

「一体これはどういうことなの!?」

別室から騒ぎを聞きつけて廊下に出てきたミストームさんが叫んだ。

ミストームさんの後ろからは俺達と同じように驚いた表情をしたサリウス王子とリリンララがいる。

「もちろん」

トーネド市長に代わり将軍のウィリアム卿《きょう》が答えた。

中年太りした身体は鎧に隠され、それなりに鍛錬を続けてきたウィリアム卿の姿は、貫《かん》禄《ろく》があり様になっている。

「我々の敬愛する１人のゾルタン市民を守るために戦うことができる」

ウィリアム卿に真っ直ぐ見据えられ、ミストームさんは何も言えずに固まっていた。

＊　＊　＊

会議室。

俺とリットも加わって話し合いが再開された。

「あれ？　ルーティとヤランドララはいないのか？」

「ミストームさんが来て会議が止まってからすぐに戦いになったときのために準備をしてくると」

「準備を？」

「こちらは私に任せて、２人で一緒にミストームさんの隠れ集落へ行くと言ってました」

ルーティは不毛な会議に時間を取られるより、有限の時間を有効に使うべきだと動いたのだろう。

「しかしまぁ意外だ」

「はい、まさかゾルタンがミストームさん１人のために大国ヴェロニア王国と戦うだなんて」

怠惰の地ゾルタン。

東と北は〝世界の果ての壁〟で塞がれ、嵐の通り道であり、広がる湿原は新しい集落の開拓を難しくしている。

水は豊富で、作物の育つ土壌なら手間ひまかけ無くても十分な作物が穫《と》れる。だが嵐によってダメになることも多く、自然と努力を嫌う怠惰な性分がゾルタンの特徴となった。

いい加減で、明日やれることは今日やらない。それがゾルタン人。

「私１人のために、ゾルタンを戦火に晒《さら》すのかい!?　ゾルタンの人々に対する責任はどうなる!?」

「だったらゾルタン市民にも聞けばいい。逃げたいやつがいれば止めはしない。だが、我々ゾルタン軍は、市民を守るために命を賭《と》する覚悟だ」

「魔術師ギルドはあなたに大恩がある。今こそ我らの研究の真価が問われる時だ」

「冒険者達にとってこそミストームさんは英雄だ。あなたがサリウス王子と共にヴェロニアと戦うつもりだと伝えたら、共に戦いたいという志願者が殺到している」

「盗賊ギルドとあんたは馴《な》れ合っていただけでもなかったが、我々みたいな裏社会の住人だって、あんたを尊敬していることは同じだ。我々も協力して町の混乱を抑えよう」

最後にトーネド市長が頷《うなず》いて話を引き継いだ。

「責任は市民１人１人が自分の意志で持つ。そして我々は我々の責任であなたを守りたいんだ。家が焼けようがまた建てればいい。ゾルタンは失うことに慣れている。だが、一度失うと二度と取り返せないモノがあることもゾルタンは知っている」

トーネドの言葉に迷いはなかった。怠惰の地ゾルタン。

「だが、そうだな」

「うん、そうだね」

彼らの姿を見て、俺とリットは頷く。

俺とリットはこの町で生活してきた。

怠惰でいい加減な下町住人達が、仲間のために見せる人情を何度も見てきた。

ビッグホーク事件の後も、いい加減なゾルタン人達は暴動寸前までいったサウスマーシュ区の人々を危険視すること無く、今まで通り呑気《のんき》に接するところを見てきた。

「ゾルタンはこういうところなんだ」

俺の言葉にリットは笑った。

「勝ち目のない戦いをするなんて馬鹿げてるとロガーヴィアの王女なら言うかも知れないけど、ゾルタンのリットは彼らの呑気さを誇らしく思う」

俺達がひそひそと話し合うのを見て、リリンララが駆け寄ってきた。

「何をコソコソ話しているんだ、こいつらを止めてくれ！　勝ち目のない戦いに巻き込む訳にはいかない！」

「散々ゾルタンに迷惑かけておきながら、海賊は本当自分勝手だな」

「茶化《ちゃか》している場合か！」

「悪い悪い、いや本当に悪いと思っているが、俺もリットも同じ気持ちでね」

俺がリットに目配せすると、リットは表情を引き締め、英雄リットとしての自信に満ち溢《あふ》れた顔でテーブルへと近づく。

「相手は大国ヴェロニア王国。１０００年先の歴史書にだって残るだろう稀代《きたい》の大悪女レオノール王妃。率いるは最新鋭のガレオン船８隻に、ゲイゼリクが暗黒大陸から持ち帰った魔王の船ウェンディダート。対するこちらは、サリウス王子の旧式軍艦１隻に、ゾルタンのキャラベル帆船が3隻。ゾルタンの城壁は簡単に乗り越えられるし、川から侵入されたら阻むものはなにもない。そして時間もない。状況はこんなところ？」

ウィリアム卿達の表情が曇る。リットは不敵に笑った。

「状況確認は終わり、あとは勝つだけね」

なぜリットが英雄リットと呼ばれているのか。

それはきっと、この自信に溢れた声と笑顔の為《ため》だろう。

リットならどんな絶望でも打ち破れると、リットの声と笑顔にはそう信じさせる力がある。

「ゾルタンの呑気さも誇らしいけど、俺はリットのことが誇らしい」

俺は誰にも聞こえないようにつぶやくと、俺も勝ち方を探すためにリットの隣へと向かうのだった。

＊　＊　＊

「これはゾルタンを守る戦いでは無いのかも知れない。ゆえに逃げても私は咎《とが》めない。だが、これはゾルタンを守ってきた英雄を守る戦いだ」

ウィリアム卿が拳を握りしめ演説している。

ウィリアム卿の前には、緩やかに湾曲したサーベルと騎兵用の軽い鎧に身を包んだゾルタン走竜騎士、チェインメイルにハルバートとクロスボウで武装した衛兵、装飾された細身の剣を腰に佩く貴族、装備はバラバラの冒険者、黒いコートの内側に鋭い剣を覗《のぞ》かせる盗賊、そして簡素な槍《やり》と木の盾を持ったゾルタンの市民達による義勇兵。

「ミストーム師がゾルタンに移住してきたのは45年前。ゴブリンキングの残党によって危機に陥っていたゾルタンへ輝ける帆船レグルス号と共に現れた。私は当時まだ物心もつかない子供だったが、ミストーム師に救われた人々の歓声を憶《おぼ》えている」

集まった者達のうち当時のことを知っている年齢の者達が息を呑《の》んだ。

ミストームさんの過去について隠すという話になっている。それを、ゾルタン軍務のトップが破ったのだ。

今ゾルタンを襲っているヴェロニア王国との確執が、ゾルタンの英雄であるミストームさんの過去に起因するものだとゾルタンの人々も理解した。

果たしてどのような反応をするのかと、俺とティセは隅から人々の様子を眺める。

「く、おお!! やっとミストーム師に恩返しできるんだな!」

ベテランの冒険者が叫んだ。

「ミストーム師の敵なら俺にとっても敵だ！　やってやろうじゃねぇか！」

人々、特に45年前にすでに物心ついていた年代のゾルタン人は勇ましく叫び、そして嬉《うれ》しそうに笑っていた。

自分達を助けてくれた恩人達に報いたいのに、これまではミストームさんのことがヴェロニアに伝わらないよう、正確な記録を残さないようにという暗黙の了解があった。

45年間我慢し続けた称賛が、戦いを前にした状況であっても笑顔となって溢れてきたのだろう。

「やっぱり良い町だな」

「そうですね」

俺とティセはそう頷きあう。

そんな俺達のところへ、走ってくる影があった。

「おお、ティファ殿にレッド君、ここにいたのか」

「トーネド市長」

結局、トーネド市長は慣れない鎧を脱ぎ、動きやすい鎖帷子《チェインシャツ》の上から、胸にゾルタン共和国の国章が刺《し》繍《しゅう》された陣羽織《タバード》を着ている。

フルプレートは重かったようだ。

「さすが英雄リットだ、あの作戦ならきっと勝てるだろう」

トーネド市長は意気揚々とそう言った。

リットが提案した作戦は、水上戦。

ただしこちらは川から出ずに迎え撃つ。

もちろんゾルタンの小さな船では、ヴェロニアの軍艦に太刀打ちできないだろう。

だが、巨大な魔王の船もガレオン艦隊も、浅い川の中までは入ってくることはできない。

上陸のための小舟が相手ならば、ゾルタンの船でも優位に戦える。

問題は海岸から上陸された場合だが。

「こちらの主戦力であるキャラベル船を火船にするとは、なんと大胆なことだろうか」

リットの作戦の肝は、キャラベル船に錬金油と薪《まき》を積んで体当たりさせる火船を使うことで、相手に警戒させることにある。キャラベル船の積載量なら、ガレオン船を沈めるほどの破壊力があるだろう。

海岸から上陸してゾルタンを攻めようと動けば、その隙に船を突っ込ませて爆破する。

ヴェロニア軍は、火船がある限り、下手に兵士を降ろすことができないというわけだ。

ヴェロニア王国に比べて、ゾルタン共和国は比べることもできないほどの小国である。

これはヴェロニアにとって負けるはずのない勝ち戦。

ゆえに、ヴェロニアは勝てるのかではなく、どういう勝ち方をするのが良いのかを考えなければならない。レオノールはリリンララの息のかかった海軍を使わず、傭兵《ようへい》を集めたのだからなおさらだろう。傭兵は勝てる戦では命を惜しむものだ。

要するにヴェロニアはただの1隻も軍艦を損失することなく完全勝利しなければならな

＊　　＊　　＊

翌日。

朝日が水平線を離れた頃。ゾルタンの人々が交代で仮眠を取りながら迎えた朝。

「英雄リット」

「ウィリアム卿《きょう》、どうしたの？」

「Bランク冒険者のルールとティファ、ハイエルフのヤランドララ、ミストーム師、あと薬屋レッドの5人がいないようなんだが」

「レッド達なら別働隊として動くみたい」

「別働隊？」

「私も詳しくは聞いていないけど、戦いが始まったら合流するって」

「そうなのか。よく分からんが、総指揮官が把握しているならいい」

この戦いの総指揮を執る立場にあるのはゾルタン軍のトップである将軍ウィリアム卿だ。

だが実際に全軍の指揮を執るのは英雄リットに任せることになった。つまりゾルタン軍のトップであるウィリアム卿はリットの指揮下に入ることになる。

ウィリアム卿は実戦経験のない将軍だが、だからといってあっさりと自分の権限を冒険者に渡すなど、普通は面子《めんつ》や戦後の責任の所在などが邪魔してできないものだ。

リットはウィリアム卿達の思い切りの良さに内心驚き感心していた。

ロガーヴィア公国でリットも勇者に反発していたように、それはとても勇気がいることだ。ウィリアム卿はリットと共に、爆薬を積んだキャラベル船へと乗り込む。

「この船には英雄リットにゾルタン最強の走竜騎士達。残り2艘《そう》には、冒険者ギルド幹部ガラティンと冒険者達、サリウス王子と配下の水兵達がそれぞれ、これなら安心だ」

他には10艘の商用帆船にも、兵士達や冒険者達が乗り込んでレオノールのヴェロニア軍を迎え撃つ。ゾルタンでは考えられないほどの大軍勢なのだ。ウィリアム卿は自分が魔王軍との戦いに赴く騎士にでもなったように高揚していた。

「ウィリアム卿。指揮官であるあなたが現実を忘れてどうするの。敵はこの何十倍も強大よ。リリンララの軍艦1隻でゾルタンを制圧できると恐れたのはついこの間でしょう。今度来るのは最新鋭の軍艦8隻に、ヴェロニア王国の切り札である魔王の船」

「そ、それはそうだが」

冷水を浴びせられたような表情で、ウィリアム卿は困惑する。

リットはついさっきまで、兵士達にこの軍勢なら必ず勝てると鼓舞して回っていたのだ。

「私が鼓舞し、あなた達が抑えるの。でないと……これから見る現実との落差に、兵士達が動揺するわよ」

ゴクリとウィリアム卿がツバを飲んだ。リットは海を指差す。

遠くに見える海に大きな影が現れる。

まだ距離があるため、その大きさは実感として兵士達に伝わっていない。

だがすぐに分かるだろう。

「話には聞いていたけれど……なんという大きさ！」

ただ１人、リットはその威容に驚いていた。

魔王の船ウェンディダートの姿は、ミストームから聞いていた。

だが実際にこうして自分の目で見るのとでは迫力が違う。

１２０メートルにもなる長大な全長。

随伴する全長40メートルのガレオン艦隊が小舟に見えるほどだ。

ウェンディダートは煙突から黒い煙を吐き出し、巨大な外輪で海をかき混ぜながらゾルタンへと近づいてくる。石炭で動く鋼鉄の外輪船。アヴァロン大陸には存在しない未知の工学で造られた船。それが魔王の船ウェンディダート。

「お、おい、なんだあの船、煙を吐いているぞ」

「本当に船なのか、貴族様の屋敷よりでかい」

「中央にはあんなものがあるのか」

ウェンディダートが近づいてくるにつれ、ゾルタンの兵士達に動揺が広がっていく。

「り、リット殿！」

ウィリアム卿が震えながらリットを見る。

ウェンディダートとガレオン艦隊はもうすぐ河口付近まで到達するだろう。

「ウィリアム卿、兵士が見ているわ。上に立つ者はどんな絶望的状況でも胸を張って」

「な、情けないと自分でも思う……だが、震えが止まらないのだ」

涙目になりながらウィリアム卿は自分の太ももを叩いた。

それでも震える足は収まらない。

「それでも」

リットはウィリアム卿を見て微笑む。

「それでも私はあなたを臆病だとは思わない。あなたは私に任せてくれた。できると言い張って土壇場で失敗するよりも、自分のできないことを人に任せる勇気があった」

リットは右手を掲げる。

「だから、この状況を覆せる」

リットは意識を周囲の風に向ける。

「風の精霊よ、我らの勝利を導き示せ！　コントロールウィンド！」

ゆったりと川上へと吹いていた風が止んだ。

「さあ、船乗り達は帆綱《ほづな》をしっかり摑《つか》んで！」

リットが叫ぶ。

次の瞬間、強い風が追い風となってゾルタンの船を押した。

「風だ!!」

船を操る者達は慌てて帆を操作する。

リットはすべての船が落ち着いたのを見てから、声を張り上げた。

「水上戦は川上、風上が有利！」

リットの大声は良く響く。

だがその大きな声は耳に不快ではなく、聞き入りたくなるような不思議な響きがあった。

「巨大な船が怖い？　見たこともない大艦隊が恐ろしい？　なるほど、たしかに海の上で出会ったらひとたまりも無いでしょうね。でもここはゾルタン。あんな巨大な船を受け入れる港なんて存在しないことを、あなた達は誰よりも理解しているでしょう？　あの船はどれもゾルタンへはたどり着けない。私達が戦うのは、あの船から降りてくる、小舟ばかり。風も川も、私達の住むゾルタンが相手の動きを妨害し、私達に味方する！」

「勝てる……のか？」

誰かのつぶやき。それは小さな声だったが、リットは聞き逃さない。

「勝てるのかですって？」

リットはそこで言葉を切り、自分に注目している兵士達をゆっくり見渡す。

その動作に、その間に、人々はリットの姿から目が離せなくなる。

次の言葉を、今か今かと期待する。

英雄リット。

ロガーヴィア公国で、王が決めた皇太子を差し置いて彼女を次期女王へ推す声が起こってしまったのは、ただ彼女の加護が強かったからではない。

「もちろん！　この私、英雄リットの名にかけて！　これはミストームさんを守って死んだという言い訳のための戦いなんかじゃない。ミストームさんを守り抜き、ゾルタンは大国ヴェロニア王国を追い払ったと語り継ぐための戦いよ！」

静まり返った中、誰かが叫ぶ。

「勝利を！」

それに応えるように、リットは一段強い風を吹かす。

リットの声は風に運ばれ、すべての兵士達にはっきりと聞こえた。

「私達に勝利を!!」

リットの言葉は兵達の心を打った。

「勝利を！　勝利を！　勝利を！」

互いの叫びが、互いを鼓舞し、士気を限り無く高めていく。

加護を超えた、生まれ持った王女としてのカリスマ。

まともに戦えばひとたまりもない。

「やはり変」

そんな中、リットだけは別の感情を抱いていた。

「確かに一国を滅ぼせるほどの艦隊だけど、ゾルタンを攻めるにはオーバーキルにも程がある。あれだけの船と人員を動かすのに、どれだけの費用がかかっているのやら」

戦争は必勝も大切だが、同時に最低限のコストで勝つというのも重要だ。軍国の王女であったリットはそのことをよく知っている。

兎を狩るのにも獅子《しし》は全力を出す、というのは戦争では不正解。相手に合わせ、もっとも被害と費用が小さくなる兵力で必勝するというのが最上なのだ。

その点、レオノールの艦隊は過剰も過剰だ。

リットには目の前の大艦隊が、圧倒的格上にいる王者の振る舞いというより、理性なくヒステリックに拳《こぶし》を振り回しているように見えていた。

その時、魔王の船の甲板で動きがあった。

「あれは、レオノール王妃。それにウズク王子とシルベリオ王子ね」

甲板の上に立つ3人の影。

人形のように細く壊れそうな少女の姿をしたレオノール。その両脇に、神話の英雄の彫像のような美丈夫が2人。

リット達とレオノール達とはまだ距離があるが、加護によって強化されたリットの視覚には3人の姿がはっきりと見えた。

2人の王子が両手で印を組んでいる。

リットは左の剣を甲板に突き立て、いつでも魔法で対抗できるように構えた。

王子達の魔法が発動し、空に巨大なレオノールの虚像が映し出された。

「親愛なるゾルタン共和国の人々よ」

鈴を転がすような美しい、だがどこか作られたような不自然さを感じさせる声が響く。

「私はレオノール・オブ・ヴェロニア。ヴェロニア王国第2王妃。本日は偉大なるヴェロニア王ゲイゼリク陛下の名代として参りました」

レオノールの虚像はそう言って可愛らしく……悪意をにじませながら微笑んだ。

「我々はあなた方を救いに来たのです。サリウスの兵が王の許しもなく、あなた方のささやかな国を攻撃したことは分かっています。我々は愚かな王子達と、ヴェロニア王国の名を汚す無法者達を討伐に来たのです。どうかご安心を」

空に浮かぶレオノールの虚像は、そう言ってリリンララの船を見た。

レオノールの虚像はただの投影だ、あの虚像からレオノールはものを見ているわけではない。

しかしその目はしっかりとリリンララの船を見下ろし、虚像がまるで実像のように見え

「皆殺しにしなさい」

次々に小舟が船から降ろされる。その上に傭兵達が乗り込んだ。

日焼けした屈強な傭兵達が、ゾルタンへ向けて小舟を漕《こ》ぐ。

「ど、どうしようリット殿、ついカッとなってしまってあんなことを」

今になって怖気《おじけ》づいたウィリアム卿がガタガタと震えている。

情けない姿かもしれないが……。

「どう思う？」

リットが周りの騎士達に聞く。騎士達はニコリと笑って答えた。

「将軍！　ご安心を、我ら今日ほど、ゾルタンの騎士であることを誇りに思ったことはありません」

「相棒の走竜無く、慣れぬ船上とあって不安に思っていましたが、将軍の言葉で迷いが消えました」

「我らはウィリアム将軍閣下の誇るゾルタンの騎士。このような大舞台で閣下と共に戦える誉れを去年死んだ私の叔父上《おじうえ》もさぞ羨んでいることでしょう」

騎士達はウィリアム卿に向けて剣を掲げた。

「さぁご命令を!!」

ウィリアム卿は感極まったように目をうるませ、エヘンと咳払《せきばら》いしてから命令を出そうにじってから殺してあげる」

　レオノールの目は燃えていた。

　人生最後の野望の成就を確信し、レオノールはついに声に出して哄笑《こうしょう》した。

「それがあんたの敗因だよ、レオノール」

「お姉様!?」

　レオノールは振り返る。聞こえるはずのない声だった。

　だが姉妹の歪んだ絆《きずな》が、聞こえないはずの声を届けたのかも知れない。

　レオノールが見たのは水柱とともに現れた1隻の船。

　海を切り裂くような速度で真っ直ぐ進むその古びた船を、レオノールは知っていた。

「あれはお姉様のレグルス号!?　そんな馬鹿な！　ありえない！」

　その姿を見たリットは笑顔になって叫んだ。

「レッド!!」

「悪い！　待たせた!!」

　甲板に立っているのはレッド、ティセ、ヤランドララ、そして。

「レオノール！　不意打ち騙《だま》し討ちなら、この海賊公女ミスフィアの十八番《おはこ》さ！」

「お姉様!!」

　ミストームさんがレオノールを見下ろしていた。

レオノールは睨《にら》み返すが、ふと視界の中にいる顔を見て表情を変えた。

「……まさか！　あれはギデオン!!」

「母上！　我々にお摑まりください、船がぶつかります」

「誰か！　あれを捕らえなさい!!　私の目の前に跪《ひざまず》かせるのです!!」

「聞き分けのない母上だ！」

ウズク王子がレオノールの手を摑《つか》む。

それとほぼ同時に、レッド達の乗るレグルス号が魔王の船に激突した。

激しい衝撃でさしもの英雄級の傭兵達も、船の縁に摑まり甲板から落下しないようにするのが精一杯。

そして、魔王の船を持ち上げるために精神を集中していた魔法使い達はひとたまりもない。

気がついたときには彼らは空中に投げ出され、レオノールと2人の王子を残して海へと落ちていった。

魔法が崩れ、魔王の船は川底を削りながら少しだけ前進し、そして座礁した。

恐るべき魔王の船は、もう前にも後ろにも進めない。

レッド達は魔王の船へと飛び移る。狼狽《ろうばい》するレオノールを見て、俺は呆《あき》れたように呟《つぶや》いた。

「まぁ……軍人でもない素人の王妃が指揮を執ったのが敗因だな」

レオノールは奇策によって相手の心を折ろうとした。

なるほど、たしかにレオノールらしい。だが戦場の王道とは当たり前に勝つべくして勝つこと。

リスクのある奇策は戦力で勝る側がやることではない。

レオノールはせっかくの圧倒的戦力を、みすみす失ってしまったのだ。

＊　＊　＊

時間はさかのぼり、ヴェロニアとゾルタンの戦いが始まる前。

ルーティとヤランドララを追いかけ、俺とティセ、そしてミストームさんは隠れ里へと向かっていた。

「ルーティ様が何を考えていたのか分かりますか？」

ティセに問いかけられ、俺は少しだけ考えた後ミストームさんを見た。

「船を手に入れに行ったんじゃないかな」

「……たしかに私の昔の船であるレグルス号は近くの隠し湾にあるよ。中の家具は集落へと持っていったけど、船自体は無事さ。それにしても私の船がまだあるって、よく分かったね」

「集落に船から持ってきたと思われるものはあったけれど、家屋は船を解体した廃材で作ったものではなかったからね。だったら船はまだ残っていると思ったんだ」

「ルーティ様も気づいているでしょうか？」

「もちろん」

俺が気づいたのだから、ルーティも必ず気づいている。

ルーティは優秀なのだ。

「ならば、私達も集落ではなく直接船を目指しましょう。ミストームさん、案内してもらえますか？」

「分かったよ、付いてきな」

ティセの提案で俺達は進路を変更し、船のある湾へと向かった。

予想通り、そこには出港準備をしている集落の老人達がいた。

「お嬢！」

老人の1人がミストームさんを見て叫んだ。ミストームさんは手を振って応《こた》える。

「ルーティとヤランドララはいるかい？」

「ええ、青髪の嬢ちゃんとハイエルフならこちらです」

ルーティとヤランドララはすぐに見つかった。

地図を見ながら2人で作戦を立てていたようだ。

「お兄ちゃん」

俺が行くとルーティは嬉《うれ》しそうに微笑んだ。

「少し待たせたかな？」

「ううん、大丈夫、どうやって魔王の船に乗り込むか考えてた」

ルーティ達が見ているのはゾルタン周辺の地図だ。

ルーティはゾルタンの小さな入り江の一点を指差す。

「ここに船を隠す」

「確かに海からゾルタンへ向かうと、ここは死角になるか。だけどここからじゃ敵の船まで距離があるぞ、ガレオン船に阻まれたら魔王の船までたどり着けない」

俺の言葉にルーティはうなずいた。

「うん。ここからは私が運ぶ」

「運ぶって」

「手で押す」

ルーティは両手を上げて、無表情でマッスルポーズを作った。

でもルーティのパワーは『勇者』の加護によるものなので、少女相応の筋肉しかない細い腕だ。

可愛い。

「任せて」

ルーティの言葉を聞いて、ミストームさんはなんと言っていいのか分からない様子で俺を見た。

「ルーティなら可能だ」

「……冗談じゃなさそうだね、分かった信じるよ」

「一発勝負。不意打ちで私達は魔王の船に乗り込まなければならない。乗り込んでしまえば、船の性能は関係ない」

ルーティはそう言って俺の手を取った。

「お兄ちゃん……協力して欲しい」

俺は笑って答える。

「もちろんだ、一緒に戦おう」

ルーティは俺の手をぎゅっと握り。

「ありがとう」

そう言って笑った。

＊　＊　＊

海の上に作ったセイクリッドシールドを足場に、ルーティは全力で船にタックルした。

「すぐに追いつく」

ルーティの言葉は一瞬で後方に置いていかれ、船は凄《すさ》まじい速度で海を走る。

ミストームさんはもちろん、ティセもヤランドララもあまりの衝撃に悲鳴を上げていた。

さすがルーティ。さすが俺の妹。お兄ちゃん鼻が高い。

混乱していたガレオン船の中を突き抜け、レグルス号は魔王の船の船尾にぶつかり航行不能にする。

魔王の船の甲板に着地した俺達はすぐさま船首にいるレオノールへ向かって走り出した。

「やつらを止めろ！」

シルベリオ王子の指示にレオノールの傭兵《ようへい》達はすぐさま反応する。

立ちふさがるのは、『ザ・チャンピオン』、『剣鬼』、『ルーンナイト』。

上位加護のオンパレード、レオノールが擁するエリート傭兵達だ。

その中にあって一際目立つのは、竜の目玉が縫い込まれた帽子を被《かぶ》った『魔弓師』。

「見た顔だな、バハムート騎士団のギデオン」

「そういうあんたは、フランベルクの竜殺しフリードか」

『魔弓師』は弓を引き絞り、俺に向ける。

「こんな田舎の雑魚《ざこ》が相手では狩り甲斐《がい》がないと思っていたところに、思わぬ大物が飛び出した！　いいぞ、お前こそ俺の獲物にふさわしい！」

『魔弓師』は印を組みながら独特の射法で矢を放った。

「避けても必殺の魔弾！　穿《うが》たれて死ぬか！　弾《はじ》けて死ぬか選べ！」

　グラビティスフィアの魔法が込められた矢。

　確かに、かわしても半径10メートルほどは木《こ》っ端《ぱ》微塵《みじん》になる威力がある。

　だったらこうだ。

「なにッ⁉」

　俺は『魔弓師』の矢を左手で掴んでいた。魔弾の発動条件は矢の命中だ。

　こうしてどこにも命中できないようにしてやれば、魔法は発動せず消滅する。

「スキルを魔法に傾け過ぎだな、肝心の弓の腕がこの程度じゃ通用しない」

「おのれ‼」

『魔弓師』は二の矢を放とうとするが、俺は〝雷光の如き脚〟で即座に間合いを詰める。

　相手も精鋭だけあり、即座に弓を諦《あきら》め剣を抜いて応じた。

　だが余技の剣で止められるほど、俺の剣術は甘くない。

「ぎゃっ!!」

俺の剣が貫き、『魔弓師』は血を流してくずおれる。

「フリードがやられた!?」

傭兵の1人が叫び、一瞬だが目の前にいるティセ達への注意が散漫になる。

1秒にも満たない一瞬。だがそれだけあれば十分だ。

ティセの剣が舞い、ヤランドララの杖《つえ》が振り下ろされた。

叫び声を上げる暇もなく、強力な加護持ちの傭兵達は血しぶきを上げて倒れる。

「こいつら何者だ！　強すぎる!!」

エリート傭兵達の表情に困惑と恐怖が浮かんだ。

「敵の動きが鈍っている、このまま突破する」

「了解！」

俺達は甲板を走り抜けた。

「ミストームさん、側面の敵の足止めを」

「任せなさい！　アッシュストーム！」

腐食性の灰の嵐が傭兵達を襲った。

たじろぐ傭兵達の中を斬り抜け、俺達は１２０メートルの甲板を立ち止まることなく進む。

「レオノール！」

ミストームさんが叫んだ。

視線の先には少女の姿をしたレオノールがいる。

神話の戦士像のようなたくましい2人の王子に守られ、レオノールはミストームさんと……俺を見ていた。俺達はついにレオノールのもとへとたどり着いたのだ。

*　　　*　　　*

魔王の船ウェンディダート。

未知の技術で造られた蒸気を吐き出す鋼鉄の船は、ゾルタンの川底に座礁しもはや船としての機能を失っていた。

その船首。ウズク王子とシルベリオ王子の2人が斬馬刀《ざんばとう》を両手に構える。

「大剣二刀流か」

普通なら片手で振り回せるような武器ではないが、2人の王子の太い腕に握られていると、振り回せるのが当然のように思えてくる。

その後ろにレオノールが悠然と立つ。

「お姉様、死ぬ前にこうしてまた再会できたことを嬉しく思いますわ」

「私にとっては、あんたのことは捨てた過去なんだがね。今更まだ私に執着してたとは思わなかったよ」

「私は我慢するというのが嫌いなのです」

「全く！　誰に似たのかねぇ！」

今にも戦いが始まりそうな殺気だが、２人の間には王子達がいる。

まずあの２人を倒さなければならない。

俺が右へ一歩動いた時、レオノールの目が俺を捉えた。

「そしてギデオン、まさかあなたとも再会できるとは思いませんでした」

「俺は二度と会いたくなかったが」

「あなたに恋い焦がれた女性がいるというのに、それはあまりに酷《ひど》いお言葉ですわ」

「殺そうとしたの間違いだろう」

「ええ、あなたに恋い焦がれ、殺そうとした。どちらも私です。今度は逃さない、今度こそ殺して差し上げます」

「……本当、二度と会いたくなかった」

俺が表情を歪《ゆが》めたのを見て、レオノールは嬉しそうに笑っている。

俺は少年だったころの記憶が蘇《よみがえ》った……だが昔の俺とは違う。

「母上はお下がりください、ここは我らが兄弟の役目」

シルベリオ王子がレオノールを守るように位置取りする。そして。

「ギデオン、また会えて嬉しいぞ」

ウズク王子は俺の方へ近づきながら、嬉しそうに、獰猛《どうもう》に笑って言った。

俺は剣を上段に振りかざし、ウズク王子に向かって走り一気に間合いを詰めた。

ウズク王子は十字に剣を構え、俺の一撃を受け止める。

キィィンと甲高い音が響いた。

「母上！　しばしお暇をいただきます！　戦いが終わるまであなたの息子であることはご勘弁願いましょう！」

「仕方ないわね。しかし変身を見たものはすべて消さねばなりませんよ？　この辺境とは言え、あなた達の正体を知られるのはまだ早いですから」

「心得ました、幸いここは船の上。傭兵達も逃さず皆殺しにできるでしょう」

ウズク王子とシルベリオ王子の姿が膨れ上がる。

２振りの剣を押さえている俺の頭上から４振りの剣が襲いかかる。

「ハッ!!」

降り注ぐ剣撃に対して、俺は気合を叫ぶと剣撃を打ち払いながら、身体を大きく開き、牙をむき出しにした王子の顔へと剣を突き入れた。だが俺の一撃はウズク王子に紙一重でかわされた。

反撃の剣が来る前に、俺は身を翻して間合いを取る。

その時にはもうシルベリオ王子とウズク王子の姿は、６本腕を持つアスラデーモンへと姿を変えていた。

「強くなったなギデオン、こうしてお前と戦えることを心から喜ぼう」

「ガシャースラ！」

アスラデーモンは嬉しそうに肩を揺らした。

「で、デーモンだあああ!!」

背後から悲鳴が聞こえた。

レオノールの傭兵達がアスラデーモンに姿を変えた王子に恐れをなしたのだ。

「これで背後はだいぶ楽になるな」

傭兵達の大半は戦意を失い、じりじりと後退していく。

いざとなれば俺が後ろを食い止める予定だったが、アスラデーモンとレオノールの３人に集中すればいいようだ。

よし、俺は剣を握り直す。

「レッド！」

「大丈夫だ」

ヤランドララの心配そうな声に、俺は笑って答えた。腕から血がポタポタと流れている。

肌をかすめただけの軽傷、だが危ういところだった。

「ガシャースラ、まさかあんたが次期ヴェロニア王だったとはな……あの時は想像もしてなかった」

「人生は驚異に満ちている。何千年生きようとも、俺は人生に飽くことがない。今もこうして果たせなかった喜びに再び出会うことができたのだからな」

２人の王子の正体。

死産したレオノールの子を食らってその姿を奪ったアスラデーモン。

かつてミストームさんと一緒に戦ったガシャースラとチュガーラだ。

６本の腕には斬馬刀がそれぞれ握られており、その立ち姿は俺達が以前戦ったシサンダンとは違った豪腕の戦士という印象を受ける。

俺は知識と経験から相手の加護とレベルを推察して戦うことができる。

相手が何をできるのか知りながら戦えるから、『導き手』という弱い加護でも同等以上に戦える。

だが、アスラデーモンは加護を持たない唯一の種族だ。

魔王軍との戦いでも、アスラデーモンが増えてきてから俺の戦い方は制限された。

「ガシャースラ……あんたも強いな、シサンダンに勝るとも劣らない。王子として生きていたなら、大きな戦いとは無縁だったんだろ？」

俺の言葉にウズク王子だったガシャースラは笑って答える。

「我々は他者を殺さなければ成長できない人間とは違うのだ」

「……何だと？」

「王子としての日々は実り多きものだった。この大陸の武芸者や思想家と語らい、スポーツに勤《いそ》しむ。ときに貴人に交じりて美酒を呑《の》み、美味を喰《く》らい、美姫《びき》を抱く。ときには民草に交じりて田畑を耕し草の根を煮て食い安酒を片手に歌う。どれもアスラクシェートラでは得難いものだ」

「それで強くなれるのか」

「お前との出会いもまた俺の力となったぞ。強き若者のあり方も俺には得難い学びだ。学びとは喜び、喜びは力なのだ」

ガシャースラの剣を構える姿には威圧感がある。

戦いから離れていたのに強くなるとは。

「アスラデーモンの性質は異様だな」

「我々からすれば、加護に支配されるこの世界の生物どもの方が異形に思えるのだがな」

ガシャースラが何か言っている、きっとそれはこの世界にとってとても重要なことなのだろうが……今は意識から排除する。俺は一度息を吐き出し、剣を握る手に力を込め、そして抜く。

記憶にあるガシャースラより速く、そして鋭く。

剣を構えようとしたその時、俺の背後から魔力が迸《ほとばし》った。

「むっ」

レオノールの前に立つチュガーラは素早くレオノールを庇《かば》う。

「紅蓮《ぐれん》の嵐よ、我が怒りを現出せよ！　ファイアーストーム!!」

激しい炎がレオノール達を包み込む。

だがチュガーラの剣がミストームさんの魔法を斬り払い、その炎はレオノールには届かない。

「どういうことなのレオノール!!」

ミストームさんが叫んだ。

「なぜ王子達がガシャースラとチュガーラに!?」

ミストームさんも王子達の正体がアスラデーモンだと目の当たりにしたことで、なぜ〝埋伏種絶の毒〟を飲んだレオノールが2人の王子を得たのか理解したのだ。

2体のアスラデーモンは炎の中で顔を見合わせた。

「お久しぶりですミスフィア様。貴女《あなた》との航海は良いものでした」

「懐かしゅうございますミスフィア様。貴女との国盗《くにと》りもまた良いものでした」

2人のアスラデーモンは牙のむき出しになった恐ろしげな顔で屈託なく笑った。

「なぜ……」

「今はレオノール様のもとにおりますので」

　それだけ言うと、アスラデーモン達は軽く頭を下げたあとはレオノールと話せというのか口を閉じた。

　その様子から悪意は全く感じられない。ただ懐かしい友人にあった時の笑顔があるだけだ。

　盟友であったはずのゲイゼリクを騙《だま》しミストームさんを破滅させたというのに……。

　アスラデーモンと人間とでは価値観が違うことをあらためて認識させられた。

「何を怒っておられるのですお姉様」

　レオノールがあどけない少女の顔に悪意に満ちた笑みを浮かべる。

「レオノール！　あなたが私を憎んでいたのも、ゲイゼリクやリリンララを憎んでいたのも理解できる……でも、あなたはヴェロニアの王族でしょう!?　あなたはあなた自身の手でヴェロニア王家の血を絶ったのよ!!」

「ええ、それがなにか？」

「な……」

「付け加えるなら、ゲイゼリク王亡き後は、この2人のアスラ、つまり魔王軍にヴェロニア王国をくれてやるつもりです」

「なぜ」

「なぜとは？」

「あなたはヴェロニア王妃の座に執着していた。それは自分の子を王位につけるためでは無かったの……？」

「ふふっ……お姉様はここまでされてもまだそんなことを言っておられるのですね。どこまでもお人好《ひとよ》しな方です」

パシュっと小さな音がした。

俺は銅の剣を振るってレオノールの左袖から発射された小さなダーツを撃ち落とす。

大した威力はないだろうが、おそらく毒が塗られているのだろう。

「ギデオン、私よりもそんな老いぼれた女がいいのですか？」

「レオノール」

俺が名を呼ぶと、レオノールは笑いを止めて俺を見る。

「レオノール、あんたは権力欲の塊だ。しかし手に入れた権力で何かを果たそうという目的がないように見える」

「当然でしょう。私は王妃。政《まつりごと》など私以外の誰かがやればいい」

「だからといって私利私欲もない。あんたのその身体を維持するために魔法と錬金術でどれだけ身体をいじくり回したのか俺には想像できないが、並大抵の苦痛ではなかったはずだ……すべては愛してもいないゲイゼリクの寵愛《ちょうあい》を失わないよう、つまり権力を維持するため。その執念には寒気を感じる」

「ふふふ」

「邪悪な目的であっても、あんたのその活力は常人では及びもつかない域にある、そこは素直に称賛しよう」

「あなたが称賛してくださるとは、すごく嬉しいわ」

「だがその後は？　あんたはそれだけの努力と闘争と苦痛の果てに一体何を得た？　誰かに権力を継がせるためでもない、金銀財宝を集め飽食を楽しむわけでもない。そして王家の血のためでもなかった」

「ええ、どれも違います」

「加護の衝動でもない。あんたの加護は『闘士』、加護があんたにもとめる役割はその他大勢だ」

「もちろん、これは私の意志です、加護のせいなどにはしませんわ」

「あんたは一体何を得たんだ、燃え尽きようとしているあんたの人生に一体何が残るんだ」

レオノールは俺を見て、それから空を仰いで笑い出した。

その笑いは、これまでの悪意はあっても上品さを保っていたものとは違う。

引き裂けんばかりに口を開き、歯をむき出しにしてレオノールは笑っていた。

「あははは……まったく、何を言い出すかと思えば」

「………」

「得たもの、残すもの……そんなもの私の人生に必要ありません。私がこの世界に生きる理由は私だけのもの。私が死んだあとに何が残ろうが意味などないでしょう。私はただそうしたかったからお姉様を追放した。アスラに国をくれてやるのもそうしたいと思ったから。あなたは朝食の林檎《りんご》と葡萄《ぶどう》のどちらを先に食べるか決めるのに一々理由を考えるのですか？　考えないでしょう。民が苦しもうが、国が滅ぼうがどうでもいい。私の人生は常にそうしたいと思った結果、それだけです」

レオノールはそう言い放った。これがレオノールの本質。

レオノールは自分以外のすべてに価値を持たないのだ。

彼女のすべては自分がどう思うかであって、その結果誰が死のうが、何かが壊れようが省みない。

「レオノール!!!」

ミストームさんが叫んだ。レオノールを睨《にら》みつけながら杖《つえ》を掲げている。

「怒りましたかお姉様。ええそうでしょうとも、お怒りでしょうね。お姉様が潔く国を出られたのは、私が邪悪であっても王族であったから。王族は国という存在があってこそ、自ら国を滅ぼそうなどという馬鹿はいない」

「ああ、そう思った。私はあなたに敗れ、何もかも失った。でもゲイゼリクと王国は残ると、そう信じた」

「そんなこと私の知ったことではないというのに、自分を破滅させた相手にすがるのは中々愉《たの》しいお姿でしたわ」

「虚《むな》しい人生ね！」

「私の人生の価値も私だけが決めるもの、たとえ世界のすべてから憎まれようとも私が幸せだと思えば、それは幸せなのですよ。ここでお姉様を殺し、ハッピーエンドで私も終わりますわ!!」

　ミストームさんは印を組み、レオノールはただアスラデーモン達に攻撃しろと命令した。

「ギデオン、やはりレオノール様は美しいな」

「だからゲイゼリクやミストームさんを裏切ったのか！」

「ふっ、さぁ勝負だギデオン！」

　ガシャースラの6本の腕から繰り出される暴風のような連撃。

　少年だった頃の俺ならば為《な》す術《すべ》もなかっただろうが、俺はルーティとの旅でアスラデーモンとの戦い方を身につけている。

　戦いのコツは勢いを恐れて防御に徹しないこと。

　6振りの剣に1振りの剣で挑むのだから、一太刀ずつ受けていたら不利になるのは道理だ。

だから攻める。

俺の反撃に、ガシャースラは身体を引きながら剣で受け流す。

体勢が変わったことで、ガシャースラの右腕3本はすぐには攻撃に移れない。

防がれると分かっていても、こちらの一太刀で相手の腕数本を動かせば戦いは有利になっていく。

「見事！　一体どれほどの経験を積んできたのか！」

ガシャースラが叫んだ。俺は答える代わりにさらに下からすくい上げるような一撃を加える。

ガシャースラの剣が跳ね上がった。

勝機!!

「取った!!」

気合を叫び、突き出した俺の剣はガシャースラの身体を貫いた。

「う、が……この焼くような痛みも悔しさも……良い経験だ……あぁ……俺の思った通りの爽《さわ》やかな剣だった」

俺はガシャースラからズルリと剣を引き抜く。ガシャースラの体がくずおれた。

俺の刃《やいば》は心臓を確かに貫いた、致命傷だ。

「ガシャースラ、戦いを楽しむ余裕なんて俺にはなかったよ。あんたは加護を持っていないのに、結局殺し合いを楽しんでいるじゃないか」

俺のつぶやきに、倒れたガシャースラが答えることはなかった。

チュガーラの方はヤランドララとティセが戦っている。

「おお！」

ティセとヤランドララを相手に渡り合っているチュガーラも強力な戦士だ。

この船に乗るエリート傭兵《ようへい》を皆殺しにすると言い放つだけはある。

俺も加勢しなければ！　だが、俺が動くより早くミストームさんの魔法が完成した。

「漆黒の血、滅びの言葉、楽園を貫きし上帝の槍《やり》！　終末の時きませり！　究極魔法デモンズフレア!!」

ミストームさんの杖から漆黒の炎が放たれた。

ジェムビースト戦で使ったすべての魔力を解き放つ、ミストームさんのとっておきだ。

「上級デーモンの秘術か!!」

チュガーラが叫びながら剣を交差させ魔力の障壁を張る。

「伊達《だて》に暗黒大陸で海賊やってたわけじゃないんだよ！」

漆黒の炎はレオノール達を取り込み、黒い渦を巻いて焼き尽くす。

さすがのアスラデーモンも障壁で身を守るのが精一杯。動きが止まった。

「さすがミスフィア様！　だが私とて数多くのデーモンを倒してきたアスラの戦士！　デーモンの秘術に耐える術も身につけている!!」

チュガーラの剣から稲妻が放たれる。

2つの力が拮抗《きっこう》して、甲板に無数の亀裂《きれつ》が走った。

「これじゃとても近づけません！」

ティセが迸《ほとばし》る炎と稲妻を避けながら言った。最強クラスの魔法の激突は、俺達でも近寄れないほどの威力があった。その時、後方で大きな水柱が生じた。

「な、なんだ!?」

水柱に近いガレオン船に乗る傭兵達が慌てふためいている。

原因を調べようと、海を覗《のぞ》き込んだ傭兵もいた。

「ひっ、うわあああああ!!!!」

だがすぐにそれどころではなくなった。巨大なガレオン船が真っ二つに割れたのだ。

傭兵達の悲鳴の中、よく知る声が聞こえた。

「うん、これで走りやすくなった」

水面に散乱する船の残骸の上を跳びながら、小さな影が凄《すさ》まじい勢いで魔王の船へと向かってくる。

「なんだ!?　あの非常識なやつは!!」

チュガーラが驚き叫ぶ。小さな影は魔王の船の甲板へと飛び乗った。

「ひっ!?」

アスラデーモンから逃れるために後方へと集まっていたエリート傭兵達は、現れた少女の姿を見て、ついに冷静さを失った。

そこにいるのはただの少女。

だからこそ目の前で起きた驚異が恐ろしい。

前にも後ろにも逃げられないのだとしたら、船から飛び降りるしかない。

高価な魔法の装備を投げ捨て、傭兵達は我先にと船から身を投げた。

そんな傭兵達に目をくれることもなく、少女……ルーティは船首にいる俺達の方を見た。

「動けないなら好都合」

甲板の上を、ルーティは真っ直ぐに走る。誰も立ちふさがることはできない。

できるはずがない。

人類最強の勇者の全力疾走を、食い止められる人間など存在しないのだから。

そしてルーティは迷わずデモンズフレアの中に飛び込んだ。

「ば、馬鹿な！　この魔力の奔流の中で!?」

常人なら触れるだけで消し飛ぶほどの熱量を切り裂き、ルーティは顔色1つ変えること無く剣を振るう。一瞬の出来事だった。勝敗は決した。

「……これが勇者ルーティか、なんという力だ」

ルーティの剣はチュガーラの身体を両断していた。

「レオノールは⁉」

アスラデーモンですら耐えかねる炎だ。

ただの『闘士』であるレオノールに耐えられるはずがない。

だがレオノールは変わらず笑っていた。

レオノールのかざした左手に握られている真紅の宝石に、ミストームさんの炎が吸い込まれていく。

「これはヴェロニア王家に伝わる秘宝、『賢者』リリスの心臓石《ハートストーン》。この宝石はいかなる魔法も吸収し、そして反射する！」

「『賢者』リリス⁉　先代勇者の仲間の遺産なのか‼」

レオノールは宝石を俺達に向けた。

「お返ししますわ！　『アークメイジ』であることを後悔して死になさい！」

必殺の炎が俺達へと放たれる……だが。

「ぎゃっ⁉」

悲鳴を上げたのはレオノールだ。

「それで……この人がレオノール？」

「おや、うげうげさんも応援してくれるのかい」

うげうげさんは当然だと前脚を上げ、くるりとミストームさんの右手を一周する。

「糸で私の手と剣を縛ってくれたのかい。ありがとう、力が抜けてもこれなら剣を落とすことはないね」

うげうげさんはミストームさんの肩を叩《たた》くと、カバンの中に戻っていった。

「困った人ね」

ヤランドララは苦笑する。その表情の裏には心配が隠しきれていない。

「ヤランドララ、あんたと戦ったときに比べりゃ気は楽さ」

「絶対に勝ちなさいよ」

ヤランドララの応援に、ミストームさんは笑顔で頷《うなず》いた。

最後に声をかけるのはルーティ。

「私が戦えば誰も傷つかない。必ず勝てる」

ルーティはミストームさんを真っ直ぐに見つめて言った。

ミストームさんは優しくルーティの髪を撫《な》で答える。

「でもあんたが傷つく」

ルーティは驚き、うつむいた。

「ありがとう、あんたのような優しい子がゾルタンに来てくれて本当に嬉しいよ」

ミストームさんはルーティと抱擁すると、俺を見て言った。

「あとのことは頼むよ」

俺が頷くと安心したように目を細め、俺達に背を向ける。

それから真っ直ぐレオノールのところへと歩きだした。

「待たせたね」

「本当に待ちましたわ。もうお仲間との別れの言葉は十分かしら？」

「あなたの方こそ、誰かに残す言葉はないの？　ゲイゼリクには？」

「ありません。私が死んだ後に私のことを誰がどう思うかなんて興味もありませんから」

「そうかい、1人ぼっちの人生だ」

2人は剣を構えた。

高価なドレスソードを構えるレオノール。

質素なショートソードを構えるミストームさん。

だが見た目と違い、武器の質はミストームさんが遥《はる》かに上だ。

「レオノール、最後にこれだけは言っておく」

「なんです？」

「私はあんたに負けた。たくさんのものを奪われた。愛も国も子も……本当にたくさんのものを」

しているはずだ。

だがおそらく、病気に耐えるために痛み止めの秘薬を大量に飲んでいるのだろう。

自分の体が致命傷を受けていることを少しの間忘れるほどの量を。

「ミストームさん！」

不利な状況だ！

剣を振り上げたレオノールに対し、俺は思わず助けに入ろうと飛び出した。

レオノールが笑った。

「ギデオン」

レオノールは血の混じった声で俺の名を呼ぶと、ミストームさんには目もくれず、俺をめがけて剣を振るった。

銅の剣が鈍い光を放った。

レオノールの剣が宙を舞い、甲板へと突き刺さる。

「ふ、ふふ……」

俺の剣が、レオノールの身体に深く食い込んでいた。

「……私は人生に悔いは残さない」

「まさか俺に斬られに来たのか」

「ようやくあなたを手に入れた、この瞬間あなたの思考のすべてに私が居る」

レオノールの胸から血が溢《あふ》れた。

俺の剣を身体に食い込ませたまま、よろよろと後ろに下がり船の縁を掴《つか》む。

「そしてあなたを得たまま、私は終わるのです」

レオノールは縁に背中を預け、空を仰いだ。

「私はすべてを手に入れ、最後まですべて思い通りにできた。私は……思う存分私でいられた。私以外の何者にもならなかった。これ以上の勝ち逃げはないでしょう」

「……こんな終わり方で良かったのか？」

「ふ、ふふ……ええ満足ですわ。さあ悪女の退場です、喝采《かつさい》なさい。私の邪悪も私の罪もすべて私のもの。神に申し開きすることもなく、そして一欠片《ひとかけら》とて私から神に返すものなどありません。私は邪悪であったことを誇り、そして消えましょう。さようならギデオン……あなたの人生もどうか自由でありますように」

レオノールの身体が空を舞った。ドレスをはためかせ、王妃は船から落下していく。

俺はすぐさま駆け寄り、身を乗り出して下を見た。

水しぶきが上がりレオノールの身体が川底へと沈んでいく。

「…………」

俺はそっと目を背けた。

魔法で少女の姿に身体を固定していたことで骨や筋肉が弱かったことによる必然か、そ

れとも神の怒りか……レオノールは美しいまま死ぬことはなかったようだ。

潰れて砕けた宝石のような姿となって、レオノールは川の底に身を横たえた。

だがその目は砕ける最後まで強い輝きを放っていた……不覚にも美しいと感じるほどに。

「死んだよ」

俺は振り向くと、そうみんなに伝えた。

「そうか、終わったんだね」

ミストームさんはヤランドララに支えられ立ち上がった。

「全く、仕損じたよ……情けないねぇ」

「生き残ったのはあなたよ」

ヤランドララの言葉にミストームさんは首を振った。

「こういうのを戦いに勝って勝負に負けたって言うのかねぇ」

ミストームさんはそれ以上何も言わず、黙って目を閉じた。

俺は戦場を見渡した。

「戦争も終わったみたいだな」

リットが勝鬨《かちどき》を上げ、レオノールが敗れたことをヴェロニア軍にアピールしている。

レオノールと魔王の船を失ったとはいえ、戦力ではまだヴェロニア軍の方が上だが……。

「船にもどれ！　今なら敵は海まで来ない！」

「指揮官はぶっ殺した！　このガレオン船がありゃ報酬なんていらねぇよ！」

「王妃が死んだらもうヴェロニアには帰れねぇ！　とっととずらかるぞ！」

ヴェロニア軍の士気は完全に崩壊していた。

王妃の仇討《かたきう》ちなど考える者はなく、船に逃げる者、陸に上がってそのまま遠ざかっていく者、降伏して武器を捨てている者もいる。

「さすがリットだ」

ゾルタン軍にとって初めての戦争だったというのに、被害は軽微だ。

戦い慣れない兵士達でよく守りきった。

「お兄ちゃん、ごめん」

「ルーティもお疲れ様。レオノールは手強《てごわ》い敵だった、苦戦したのも無理はない」

「うん……強かった」

ルーティは俺に抱きつくと、「ふぅ」と息を吐いたのだった。

第六章　そして世界は少し平和になりました

ゾルタン共和国建国以来、初めての戦争。

将軍ウィリアム卿《きょう》の宣戦布告から戦争終結までおよそ半日弱、正確には4時間17分。

魔王軍と熾烈《しれつ》な戦争を続けている各国から見たら、戦争とすら認識されない規模の戦いなのかもしれない。

だが当事者にとってそれは輝かしい勝利に違いなく、ゾルタンという国の歴史に未来永《みらいえい》劫《ごう》残される祝いの日となるだろう。

つまりは戦勝記念祭をやるつもりなのだ。この間冬至祭を盛大にやったばかりなのに。

ヴェロニアとの一件が終わったのにもかかわらず、トーネド市長は祭りの段取りで忙しい。

1年通して収穫祭の次に大規模な祭りである冬至祭、初めての外交問題と戦争、そして戦勝記念祭。

自他ともに認める辺境ゾルタンでは、誰も予想できなかった大忙しの日々だった。

戦いから3日後。

俺はリットと一緒に薬屋のカウンターに座る日常へと戻っていた。

「終わってみればあっという間の騒動だったな」

「前のビッグホークの騒動と比べると、今回はリリンララやレオノール王妃に時間がなかったからだろうね」

スローライフを送る俺達の外からやってきた、大陸の歴史の真ん中にいるヴェロニア王国の継承問題。ゾルタンはたまたま巻き込まれただけで、アヴァロニア大陸史においてはやはり脇役であり、騒動はレオノール王妃とミストームさんの戦いが中心だった。

でもゾルタンはそれでいいと俺は思っている。

「戦後処理もあっという間だったな、捕虜にしたヴェロニアの傭兵《ようへい》達もほぼ無条件解放か」

「捕虜にしても傭兵から身代金は取れないし、奴隷商人に売るってのもやりたくないってみんな言ってるから。私もやりたくないので大賛成」

「サリウス王子の船から支払われた賠償金で十分な余裕があるとはいえ、ゾルタン人は呑《のん》気《き》で……お人好《ひとよ》しだな」

「そこがいいんでしょ」

戦争の結末としては異例な程に穏便な結果となったのだった。

「すみません」

ドアのベルが鳴り、お客が店に入ってきた。

「「いらっしゃいませ」」

俺とリットは声を揃えてお客を出迎える。

そのことに元の日常が返ってきたことを実感するのだった。

＊　　　＊　　　＊

お昼になり、俺は作った料理を箱に詰める。

「よしできた」

俺は出来栄えを見て満足気にそう言った。その時、背後から忍び寄る気配がした。

「今日も美味《おい》しそうだね」

俺の肩に顔を乗せ、後ろから抱きつきながらリットが言った。

「レッドのお弁当、今日もルーティは喜ぶね」

俺が作っていたのはルーティのところへ持っていくお弁当だ。

中にはソーセージとレタスを挟んだホットドッグとオムレツとサラダが入っている。

オムレツにはにっこりと笑う顔が描いてある。

今日のは自信作だ。ルーティの喜ぶ顔が目に浮かんで、俺は顔をほころばせた。

「それにしても、ルーティはあれから忙しそうだね」

「……そうだな」

ルーティはゾルタン唯一のBランクパーティーのリーダーだ。

今回の騒動では、持ち前のカリスマでいつの間にかゾルタン上層部から頼られる存在になっていて、今でも議会でサリウス王子達がゾルタンを離れるまでを目処《めど》に仕事をしているのだった。

活躍したリットにも冒険者復帰の打診が来ているようだが、それでも以前ほどでは無いのはルーティとティセの２人がいるという安心感からだろう。

まぁ、リットの方は冒険者よりも議会へ参加するよう打診されているようだが。

「断固として拒否！　私はレッド＆リット薬草店のリット以外の人生は考えてないの！」

と、言い切って断っている。

ルーティ、リット、ティセがいるから、俺の活躍が隠れてこうして平穏にしていられる部分もあり少し申し訳なく思う。

「ルーティはやっと『勇者』から解放されてスローライフを始めたのに、またこうして騒動の中心に巻き込まれてしまったな」

ルーティはどう思っているのだろうか。

それが少し心配だ。

「じゃあ、ちょっと行ってくるよ」

「うん、気をつけてね」

リットに見送られ、俺はルーティのいる中央区の議会へと歩いていった。

＊　　＊　　＊

ゾルタンの町は活気にあふれていた。

昼間から酒を飲み、肩を組んで歌を歌っている盗賊と衛兵。

戦利品の武具を売り出している商人。

槍《やり》を手に武勇伝を語る冒険者。

冒険者は喝采《かっさい》を浴びながら気持ちよさそうにしていたが。

「おい、あっちで走竜騎士とサリウス王子の海兵が一緒に飲んでいるらしいぞ！」

「マジかよ、見に行こうぜ！」

誰かがそう叫ぶと、冒険者に群がっていた人々はあっという間に去ってしまった。

あとに残った冒険者は肩を落とし、それを見た商人はこらえきれず吹き出した。

盗賊と衛兵は、冒険者のもとへ駆け寄り飲んでいた酒瓶を渡す。

冒険者はもらった酒瓶をぐいっと一気に飲み干し、大きな声で笑った。

「今日は良い日だ！」

冒険者がそう叫んだ。俺もそう思う。

肩を組みながら歌う3人を横目に、俺もつられて笑った。

町にはいたるところで人だかりができていた。

中心にいるのはみんなゾルタンを守るために戦った英雄達だ。

加護の種類もレベルも関係ない。

彼らはどうしようもないほどに強大な敵を相手に、それでも逃げずに愛する人達を守ろうとしたのだ。間違いなく、称賛に値する英雄達だ。

だからああして女性に囲まれている男がいるのも納得ができる。

「って、ダナン⁉」

女性に囲まれ歩いていたのは、療養中の『武闘家』ダナンだった。

「おう、レッド！」

相変わらずのいかつい顔でダナンは俺に声をかけてきた。

「ダナン、なんだその状況は」

「怪我人が外に出る時は看護師がついてくるもんだろ」

なるほど看護師か。にしては。

「なんか仲良さそうだな」

看護師達は必要以上にダナンにくっついている。

「おうよ、こいつらは戦友ってやつだ」

「戦友？　……まさかあれだけ言ったのに戦ったんじゃないだろうな？」

「違う違う」

ダナンは首を横に振った。

「約束したからな、破ったりはしねぇよ」

「だったら一体？」

「彼はすごいのよ！」

ダナンの左腕に抱きついている看護師が目を輝かせていった。

「すごいって……？」

「ベテラン看護師も驚くほど優秀な看護師なの！」

何？

「看護師って、ダナンが？」

「おうよ、戦えねぇのは仕方がないがじっとしているのもムカつくし、看護の手伝いしてたんだよ」

「じっとしているのがムカつくって」

本当この男は根本的にスローライフできない性分の男だ。

　俺が苦笑するのを見て、ダナンは大口を開けて笑った。

　別の看護師がダナンに寄り添いながら話を続ける。

「患者がどんな大男でも鎧《よろい》を着たままでも平気で運んでいくし、怪我や骨折の応急処置もあっという間に終わらせるし、まったく疲れが見えないし、私達がくじけそうになってもずっと笑顔だったし。ダナンさんも身体中痛かったでしょうに」

　いや多分、久しぶりに動き回れて解放感で笑顔になっていただけだと。

「それにね、ダナンさんは目を覆いたくなるような重傷の患者に対しても、大丈夫だって笑って励ますの。どんなに苦しくてもダナンさんは目をそらさなかった」

　……確かに、ダナンはそういうやつだな。

　一癖も二癖もあった勇者パーティーの中で、ダナンはどこまでも真っ直ぐな男だった。

「ダナンさんのおかげで命を救われた患者も少なくないわ。戦場には行かなくてもダナンさんは療養所の英雄なの」

「そいつは違うだろ」

　笑っていたダナンが真顔になって看護師の言葉を否定した。

「ダナンさん？」

「お前らも医者も、全員が死ぬ気で気張ったんだろ。なのに俺だけが英雄じゃ道理が合わねえ。俺だけじゃねぇ、あの場にいた全員が英雄だろうが」

「ダナンさん……!!」

ダナンのあれは狙って言ってるわけじゃなくて、思ったことをそのまま口にしてるだけなんだろうな。だけど、見た目からして英雄オーラを放っているダナンから、同じ英雄だと認められ看護師達は嬉《うれ》しそうに目を輝かせていた。

というかダナンのやつ、あれだけ女性に囲まれて全く動揺していないのすごいな。

「レッド」

ダナンが左手で顎を撫《な》でながら頷《うなず》いて言った。

「こういう戦いは初めてだったんだが面白《おもし》れぇな」

「看護のことか？」

「ああ、殺すのに比べて生かすのはまた違った奥深さがあるぜ」

ダナンは嬉しそうに、本当に嬉しそうに笑った。

「武を極めるってのは終わりの見えねぇ道だな、俺ぁ『武闘家』に生まれて良かった」

ダナンは本当に加護と相性がいいのだ。

＊　＊　＊

議会では、ルーティがいつもの表情で、次々に仕事をこなしていた。

その仕事ぶりにゾルタンの官僚達は忙しそうに走り回りながらも、尊敬の眼差《まなざ》しを送っている。

「逃げ出したヴェロニアの傭兵達への対処は解放した傭兵達で警備隊を組織して。彼らの装備の返却を報酬にすれば断らない」

「賠償金の分配は予定通り。ごねる人がいればウィリアム卿《きょう》に行ってもらって」

さすがルーティだ。内務指揮能力も完璧だ。

「この案件はあなたのやり方で問題ない。任せて正解だった、引き続きお願い」

ミストームさんと違って、優秀な自分がすべてをやるのではなく他人がやれる仕事は任せるという方針のようだな。

簡単な事のように見えて、失敗したらフォローするという覚悟も必要だ。

俺と旅をしていた頃は、戦闘外のことの多くは俺が担当していたが……『勇者』から解放されたルーティは、かつてあった他人を威圧し従わせるような特別な存在であるカリスマを、信頼されるリーダーの素質へと変化させつつあった。

もしルーティが望むならきっと優れた政治家にもなれるだろう。

「お兄ちゃん」

出ていった男と入れ替わりで俺が部屋に入ると、ルーティは俺にだけ分かるくらいに口をほころばせ、嬉しそうに笑った。

「お疲れ様、今日もお弁当持ってきたよ」

「ありがとう、お兄ちゃんのお弁当、大好き」

ルーティはぐっと伸びをした。

同じ姿勢を続けていたから身体が硬くなる。

そんな当たり前のことも、ルーティにとっては失われていたことだった。

俺はそんなルーティの変化を嬉しく思いながら、ルーティの側へ移動した。

「さっきの賠償金をごねるやつがいたらウィリアム卿に説得してもらうって判断、俺も良いと思う。最前線で戦ったウィリアム卿を前にもっとよこせなんて言えるようなやつは滅《めっ》多《た》にいないだろう」

「うん、お兄ちゃんならそう考えるだろうって」

「そ、そうか」

ルーティの中では、今も俺が相談に乗っているようだ。

それが少しくすぐったいが、ルーティが今でも俺のことを頼ってくれているようでやはり嬉しかった。

「ふふ」

ルーティが微笑んだ。

「どうした？」

「お兄ちゃんが嬉しそうにしていたから、私も嬉しい」

　そう言うルーティの顔は、とても可愛いものだった。

　その時、外からザーッという音がした。

「雨か」

　窓を見れば、にわかに雨が降り出していた。

「通り雨かな」

　ルーティも窓を見た。外を歩いていた人達が、慌てて軒下に駆け込んでいる。

　空はいつの間にか分厚い雨雲で覆われていた。

「……農園は大丈夫かな」

　強めの雨音を聞きながら、ルーティがポツリと言った。

　その言葉は俺の耳にいつまでも残った。

　どれだけ才能があっても、やっぱりルーティの本当にやりたいことは薬草農園なのだ。

＊　＊　＊

「ただいま」

「おかえりレッド」

店に戻ってきた俺をリットが出迎えてくれた。

俺は雨に濡《ぬ》れた外套《がいとう》を脱ぐ。

「はい」

リットが俺の外套を受け取り、ふかふかのタオルを渡してくれた。

雨で濡れた顔を拭《ふ》くのは気持ちが良い。

「ありがとう、急に雨が降り出すんだもんな」

「うん、私も大慌てで洗濯物取り込んだよ」

リットはそう言って笑った。

リットは再会したばかりの頃、下着を一緒に洗うのを恥ずかしがっていたが、今では2人の服も下着もすべて一緒に洗って一緒に干している。

もちろん、今でもベッドの上でお互いの下着姿を見ると照れてしまうのだが、洗濯はもう俺達にとって2人の日常なのだ。

「さて、ちょっと遅くなっちゃったな。今からお昼作るよ」

「んー……」

リットはじっと俺の顔を覗《のぞ》き込んでいる。

「ねぇレッド」

「どうした？」

「たまには外で食べない？　私もレッドのお弁当食べたいな」

リットはそう言って俺に笑いかけた。

外で？　この雨の中？

「どうかな？」

「でも外は雨だぞ」

「勢いはだいぶ弱まってるでしょ？　これはいつもの通り雨だろうし、お昼ができあがる頃には小雨か止んでると思うよ。もしかしたら青空だって見えるかも」

「うーん……そうだな、よしリットがそうしたいなら、今日のお昼はプチピクニックにするか」

俺の言葉にリットは嬉しそうに笑った。

「また傘を差して一緒に歩こうね！」

俺は1つの傘の下、肩を寄せ合って散歩をした日のことを思い出し、少し照れてしまった。

＊　＊　＊

レッド&リット薬草店から歩くこと20分。

リットの予想通り、雨はもうほとんど止んでいる。

傘をささなくてもいいかなと思えるくらいなのだが、肩を寄せ合う口実が無くなるのが寂しくて、結局最後まで傘はさしたままだった。

「到着ー」

リットの弾んだ声が雨に濡れた木々の間に響いた。

小さな丘の上に俺とリットは座っている。

ここからだとゾルタンが一望……とはいかないが、それなりに見晴らしがいい場所だ。

曇り空の町並みというのも趣があって良いものだな。

「へぇ、ここらへんは来たことなかったな」

俺はあたりを見渡しながら言った。広葉樹の森は不思議と暖かく、とても穏やかな場所だ。

俺はお弁当を広げる。

雨はもう止んでいたが、不意に降り出したりしないようバスケットの上に傘を広げて置いた。

「いただきます〜！」

リットは満面の笑みで俺の作ったサンドイッチを頬張った。

「美味《おい》しい！」

「あはは、良かった」

美味しそうに食べるリットを見て、俺はつい口が緩んで笑みが漏れる。

「じゃあ俺も食べよう」

俺もリットが食べているものと同じ具材のサンドイッチを手にとった。

みずみずしく赤いトマトとシャキシャキとしたレタス、それにスクランブルエッグを挟んだサンドイッチは食感も良く、我ながら美味しくできたと思う。

ブリキ製のランチボックスに入れてきたのはベーコンとキノコのシチュー。

温かいシチューは、冬の屋外で食べるといつもより美味しい気がした。

「たまにはこういう場所で食べるのもいいでしょ？」

「ああ、食事も美味しく感じるな」

「レッドのごはんはいつだって美味しいけどね」

リットはまた美味しそうにシチューを食べた。

「うーん！　これも最高だね」

俺達はこうして楽しい食事の時間を過ごしていた。

*　　*　　*

「ふぅ、満足満足」

リットは空になったお弁当を前に、満足気にため息を吐いた。

「幸せだねぇ」

「あはは」

リットが幸せそうなら、俺も幸せを感じる。

俺はお弁当を片付けながら町を見下ろした。

もう見慣れた町並みも丘の上から眺めるとまた違った新鮮さがあり楽しい。

「ここ、良い場所でしょ」

町を眺める俺の横顔を見てリットが言った。

「うん、とても良い場所だ」

近くにこんな気持ちの良い場所があるとは知らなかった。

「レッドと一緒に来たいスポットは色々調べてあるのです！」

リットが胸を反らせ言う。その仕草が可愛くて、俺はまた笑った。

「じゃあ他にも色々見つけてそうだな」

「うん、いろいろあるよー」

「それは楽しみだ。またお弁当作るよ、一緒に行こう、全部回ろう。リットとなら何度でかけても楽しいから」

「やった！」

それから２人で顔を見合わせ笑う。

このプチピクニックの間、俺はリットと一緒にずっと笑っていたような気がする。

「「あっ！」」

俺とリットは同時に声を上げた。

雨雲がまばらになり、雲の合間から青空が見えた。

差し込む光が雨濡れのゾルタンを照らしキラキラ輝いている。

空の青はどんどん広がっていき、まるで雨雲を押しのけているようだ。

その光景は、どの町にもある、ありふれた景色。

だけど、この美しい景色は俺達が住む町なのだ。

大地の裂け目も天空の城も、冒険の中で見た他のどんな絶景にも負けないくらい、俺はこの景色が好きになっていた。

「この景色はね」

リットが優しい笑みを浮かべたまま口を開いた。

「レッドやルーティが守った景色なのよ。だから、レッドが思うようなことをルーティは気にしていないと思うな」

「あはは……気がついていたのか」

「えへへ、伊達《だて》に毎日レッドのことを考えているわけじゃないんだから」

リットの言う通り、ルーティのことで俺は少しだけ悩んでいた。

「ルーティが『勇者』を辞めてゾルタンに来てから、すぐに今回の事件が起きた。まるでルーティを追いかけてきたようで……中央からすれば王族のお家騒動に過ぎないだろうが、ゾルタンでは到底起きることのない未曾有《みぞう》の大事件だ」

「私もゾルタンで軍の指揮を執ることになるとは思ってもいなかった」

「リットの指揮官っぷりはカッコ良かったな」

リットの戦いには華がある。

単純な強さとは違う、剣を振るう姿が仲間に勇気を与える華だ。

これで、なぜか作戦が上手《うま》くいかない属性さえなければ一流の指揮官なのだろうが。

「む、なんか変なこと考えたな」

俺の僅《わず》かな表情の変化に気がついたのか、リットは口をとがらせて俺に抱きついた。

抱きついたままグリグリと自分の額を俺の頬に押し付けてくる……ちょっと痛い。

だから俺もリットをぎゅっと抱きしめ、自分の顔をリットの肩へと移動させる。

頬と頬を触れ合わせながら、俺達はしばらくそうして抱き合っていた。

「さっきの話の続きだけどね」

リットが俺の耳元で優しくささやいた。

「今度、ルーティを誘ってここでお弁当食べてみて」

「ルーティと？」

「そう、レッドとルーティ、兄妹《きょうだい》2人で。そうすれば、レッドの悩みは解決するよ」

「そうかな？」

「うん、大丈夫。ルーティもきっと、この場所とこの景色を気に入ってくれるから」

「……うん、そうだな」

抱き合っていた腕を離し、俺達は見つめ合う。

リットの瞳の色は、雲間から見えるあの美しい空の色だ。

「ありがとうリット」

「えへへ、どういたしまして」

今俺が見ているのは、ゾルタンを勇気づけた英雄姫の笑顔ではない。

リットが俺だけに見せてくれる恋人《オレ》への笑顔。

「ははっ……また励まされたか。多分俺はもうリットが一緒にいないと駄目だな」

「私もレッドがいないと駄目だから……一緒だね！」

俺達2人の笑い声は雨上がりのゾルタンの町に溶けていった。

＊　＊　＊

夜になり。俺は薬の在庫の確認を終え、居間へと戻ってきた。

「お疲れ様」

リットがそう言って迎えてくれて、白い湯気の立つホットミルクを差し出した。

「ありがとう」

ホットミルクには蜂蜜が溶かしてあった。

「レッドのやりかたを真似てみたんだけど、どう？」

「うん、美味しいよ」

もっと気の利いたことを言いたかったのだが、俺のために俺の真似をして蜂蜜ミルクを作っているリットの姿を想像すると、嬉しい気持ちが強すぎて上手く言葉にできなかったのだ。

「やった」

笑顔で喜ぶリットを見て、さらに嬉しくなる。

ニヤける口元を隠すために、俺はもう一口蜂蜜ミルクを飲んだのだった。

その時、コンコンとノックの音がした。

「ん、お客かな」

「営業時間はとっくに過ぎてるけど」

リットが玄関の方へと向かった。一体誰だろう？

「ヤランドララとティセとうげうげさん！」

なるほど、ティセ達が来たのか。

「と、サリウス王子にリリンララ」

「なに？」

思わず声が出た。俺は慌てて店の方へと向かう。

「遊びに来たわよ」

「こんばんは、夜分遅くにすみません」

ヤランドララとティセが挨拶をしてくれた。そしてその後ろから。

「こんばんはレッド君、今日は良い月だ」

「邪魔するぞ。本当に薬屋をやっていたんだな」

サリウス王子とリリンララが気安い雰囲気でそう言った。

「お2人共、一体どうして？」

「いやなに、帰る前にもう一度レッド君の料理が食べたくなってね」

サリウス王子はそう言ってウィンクした。

「帰るというと……」

「あと2、3日というところだな。補給が済めばその日のうちに出港するつもりだ」

「座礁した魔王の船はどうするつもりで？」

「どうもこうも、持って帰る方法がない。ゾルタンに譲渡することにしたよ。中には色々と物資もあるだろうし、装甲も鉄資材として利用できるだろう」

サリウス王子は肩をすくめた。

海賊覇者ゲイゼリクの力の象徴であった鋼鉄の船はその役目を終えたのだ。

「良いのだ。あの船は父上の船。俺は俺の船で門出をかざるべきだよ」

「そうですか」

「それはさておき、2人とも立ち話もほどほどにしておこう」

横からリリンララが袋を持ち上げ、俺に中身を見せた。

「また随分色々持ってきたな」

そこには野菜に豆に肉や魚、さまざまな食材が詰め込まれていた。

「好きに使ってくれ」

「コカトリスの肉に女王たまねぎ。お、米もある」

ゾルタンでは珍しい米だ。

ゾルタンは水も豊富だし、気候的には稲作にも合っているのではないかと思っているのだが、アヴァロニア王国の住人が開拓したこの地には稲を育てるノウハウがない。

　この米も輸入されたものだろう。

「そうだな、これなら前に一度だけ作ったアレが作れるな」

「ほぉ、それは楽しみだな」

　リリンララが口を歪《ゆが》めて笑った。しまった、珍しい食材を見てつい。

「俺は大国の王族やら将軍に振る舞うような腕じゃないんだがなぁ」

　だがまぁ、ゾルタン最後の思い出に俺の料理をわざわざ食べに来てくれたんだ。

　それにリリンララの船のコックの残念な料理を思い出せば、俺の料理も捨てたものじゃないだろう。

「大丈夫だって、レッドの料理の美味《おい》しさは他ならぬこのリットちゃんが太鼓判を押すんだから」

　リットはそう自信満々に胸を張った。

「分かった、リットにそう言われたら引くわけにはいかないな」

「本当に仲睦《むつ》まじいな」

　サリウス王子が温かい目をしている。リットが顔を赤くしていた。

　自分の家にいるせいか、俺もつい、いつもの２人の調子で答えてしまった。

　さっきから「しまった」とか、「つい」とか繰り返している気がするな。

俺もやはり戦いが終わって気が抜けているのだろう。

俺達と違って、サリウス王子とリンララは、リラックスした様子で笑いながらも緩めきらない戦士の一線が見える。

だけどまぁ、俺達はそれでいい。

こうしてポンコツになれることこそが、俺がゾルタンで手に入れた幸せなのだから。

＊　＊　＊

さてと。

まずは米だな。炊き方は知っているが……水が新鮮な方が美味しいって書いてあったし、井戸から新しい水を汲《く》んでくるか。

俺が外に向かおうとすると、ぴょんとうげうげさんが飛び出してきた。

「おや、どうした？」

うげうげさんは両前脚を横に広げて通せんぼする。一体何なんだ？

「お水汲んできました」

「ティセ」

うげうげさんの後ろからキッチンに入ってきたのは、桶《おけ》を3つ、両手と頭に載っけたティセだった。

「お米と言えば私です」

水を置いたティセは真顔でそう言った。

いきなりなにを言い出してるんだろうこの子は。

戸惑った俺の様子を見て、うげうげさんがふるふると頭を振った。

「確かにうげうげさんの言う通りですね。順を追って説明しましょう」

「頼む」

「私はおでんが好きです」

「それは知ってる」

「おでんにはモチキンチャクという具があります」

「話だけなら聞いたことがあるな、俺もまだ食べたことはないけど」

「南洋では一般的なおでんの具です。まぁつまりはおでんを好きな私はモチキンチャクにも精通しています」

「ふむふむ」

「そしてお餅はお米から作られるのです、お米マスターティセと呼んでくれていいですよ」

「お、おお」

なんか今日のティセはテンション高いな。

「このお米の量なら1回で全部使い切ることはないでしょう。お米は炊くと結構膨らみますから大丈夫です。余った分はお餅にしてオパララさんのところへ持って行きましょう」

「あー、ティセ……俺も詳しいわけじゃないんだが、確か餅って普通の米じゃできなかったような」

「……ふむ」

ティセはじっと俺の顔を見つめ。

「解散」

「えー」

ティセが真顔でそんなことを言うものだから、俺は思わず笑ってしまった。

うげうげさんも身体をゆすって笑っているようだ。

「冗談です」

ティセは表情を変えずにそう言って、手を洗い俺の隣へ並ぶ。

「それで何を作るんです？」

「昔教えてもらった親子丼を作ってみようかと」

「この状況で珍しい料理に挑戦するとは、レッドさん攻めますね」

「味見してダメそうなら、肉を焼いて出すよ」

「さすがレッドさん。では心置きなくその、親子ドン？　という料理を試せますね。私は何を手伝いましょうか？」

「手伝ってくれるのか？　居間で待っていてもいいんだぞ？」

「実はこの間の戦いでレベルが上がったので、料理スキルを1だけ上げました」

ティセのレベルはルーティやダナンよりは低いがリットよりは高く、世界でも有数の高レベルだ。

　おそらくゾルタンにいる間は、もうレベルが上がることはないだろう。

「その貴重な機会の1ポイントを料理スキルに使ってよかったのか？」

「レッドさんの料理はとても美味しいです。私もレッドさんみたいに美味しい料理を作れるようになりたい」

　うげうげさんが「えいえいおー」と腕を振り上げている。

「うげうげさんも最近レベルが上がったので、料理スキルを取ったんですよ」

「え、マジで？」

　俺は驚いて声を上げた。うげうげさんを見ると、右前脚を振って肯定している。

　コモンスキルである〝料理〟は誰でも取れるスキル。

　うげうげさんの持つ『闘士』の加護でも取得できる。

　なのだが、いくら賢いとはいえ蜘蛛《くも》であるうげうげさんが料理スキルを上げられるとは思わなかった。多分、史上初めて料理スキルを取った蜘蛛なのではないだろうか？

「いつかうげうげさんと2人で蜘蛛のための料理の本を書こうと思うんです」

「本」

ティセはふふんと鼻を鳴らして俺の隣に並んで立った。

「さて何をすればいいですか」

「そうだな、じゃあ材料の下ごしらえを頼むか。その間に俺はお米を炊いてみるから」

俺達は分担して料理に取り掛かる。

「コカトリスのもも肉は一口大に切ってくれ」

「任せてください、切るのは得意ですから」

ティセが自信ありげにそう言った。

俺達はどちらも黙ったまま、しばらく料理に集中していた。

「私にこんな人生があるとは思いませんでした」

「ん」

手元から目を離さないまま、ティセがそうつぶやいた。

「私は『アサシン』の加護と相性が良い。暗殺者の才能がある。そう自負しています」

「うん、言うとおりだと思う。ティセほど強い暗殺者を俺は見たことがない」

「その私が今やっていることは……異国の王族に料理を作ろうとしています」

「料理人に変装した暗殺者はいても、実際に料理をする暗殺者はいなそうだな」

宮廷料理人ならば料理スキルも人並み外れて高いだろう、加護も『料理人』など専門的なものの可能性が高い。

変装の達人であっても、加護を真似ることはできない。

「人生とは予想もできないものですね」

ティセは切った肉を並べながら笑った。

「楽しいです。うん、人生は楽しい」

「うん、俺もそう思う」

俺達は笑いあい、それから料理に専念することにしたのだった。

＊　＊　＊

この世界は戦いに満ちている。

俺達がテーブルを囲んで食事をしていた時、傭兵《ようへい》が奪ったガレオン船のうち1隻がクラーケンに襲われ、乗っていた傭兵達はひとり残らず食われてしまった。

同じ時、西の遠い戦場では、バハムート騎士団率いる連合軍と水の四天王アルトラ率いる魔王軍が三日三晩に亘《わた》る激しい戦いの決着をつけようとしていた。

それもすべて、この小さなお店の居間にいては知ることができない世界の話だ。

俺が世界のどこかで起こっていた戦いの話を聞いたのは、ずっと後になってからであり今日ではない。

「「いただきます」」

俺とリットとティセが同時に声を上げた。

「今日の糧を与えてくださるデミス神に感謝を捧《ささ》げます」

「いただきます」

リリンララは祈りの言葉を早口でつぶやき、サリウス王子は俺達の仕草を真似て言った。

「米は食べたことがあるが、これは変わった料理だな」

「親子丼って言うらしい。昔食べた味はほぼ再現できたと思う……まぁ肉はニワトリで、コカトリスではなかったけど」

「なるほど、卵と鶏肉《とりにく》を使うから親子丼か」

サリウス王子はうんうんと頷《うなず》いている。

「しかしこれはコカトリスの肉を使っているんだろう？　では親子とはいえまい」

リリンララが笑いながら文句をつける。

「最初のコカトリスはニワトリから生まれたらしいじゃない。だったら親子でしょ」

と、リット。

「そうですね。生物学者ジカン博士の記した魔物博物誌によれば、〝気をつけよ、コカトリスは雄鶏《おんどり》、すなわちコッカレルの産んだ卵から生まれる。その雄鶏は7歳で、卵はヒキガエルが9年間温める。故に雄鶏とヒキガエルは引き離しておくべし〟だそうです」

　ティセが補足した。サリウス王子は首をひねる。

「雄鶏が卵を生む時点でありえないだろう。その上、ヒキガエルが9年卵を温めるって？　それはありえないことという意味ではないか？」

　サリウス王子の言葉に、俺は笑って頷いた。

「かもしれないな。でも今でもニワトリに特殊な魔法をかければコカトリスを生むらしいぞ。他のモンスターに比べて肉が手に入りやすいのも養殖している者がいるからだろうな……コカトリスの養殖業は毎年死人がでるくらい危険な仕事だけど」

　コカトリスは人に懐かないらしい。

　コカトリスにとって飼い主は、餌をくれる人ですらなく、餌が餌を持ってやってきたくらいの認識だそうだ。

「つまりまぁ、この場合卵が親で、肉が子か」

　リリンララは面白そうに親子丼を眺めると、卵と肉をまとめてスプーンですくって食べた。

「美味《うま》いな」

　良かった、長年生きたハイエルフの口にも合ったようだ。

「以前食べた親子丼とは少し違うようだが、うん美味い」

「食べたことあったのか」

「60年前だったか。味の記憶も忘れかけていたんだが、食べてみれば思い出すものだな」

「人間もきっかけがあれば意外と昔のことも思い出すもんだよ」

「人間にとっての60年は長いだろうに……ならば今日のこの味も、お前達がいなくなった後でさえ憶《おぼ》えているのだろうな」

　それからリリンララは食事の手を止めた。

「レッド、リット、ティセ、あと一応ヤランドララも」

「どうした？」

リリンララは座ったまま深々と頭を下げる。束ねた銀色の髪が揺れた。

「本当に世話になった。この恩は決して忘れない、王位継承問題が片付いたら、改めて礼をさせてくれ」

なるほど……これを言いに来たのか。海賊のくせに律儀なやつだ。

「私は一応？」

「ああ、友達を助けるのはハイエルフにとっては当然だからな」

「よく言うわ、都合のいい時だけ友達面して」

ヤランドララは苦笑して、手を振った。

「でもそうね、私が困ったあなたを助けるのは当たり前。だから私へのお礼はいいわ」

「そう言うと思った。それで、レッド。私はどうやってお前達に報いればいい？」

　リリンララは俺を見てそう言った。

「礼といっても、ヴェロニアからゾルタンまでは遠いだろう。魔王軍との戦いが続く今、海軍元帥のあなたが抜けるわけにもいかない」

「受けた恩は返すのが妖精海賊団の流儀なんだ」

「サリウス王子が王位につけば、ヴェロニアもアヴァロン大陸連合軍に加わるんだろう？同じアヴァロン大陸の住人としてはそれで十分だよ」

「もちろん魔王軍との不可侵条約は破棄するつもりだ。そう明言すれば王位につくためアヴァロニア王国からの支援も受けることができるしな。受けた借りは、連合軍に加わることでチャラ、これほど割の良い取引はない」

　リリンララの言葉にサリウス王子も頷いた。

「この結果はレッド君達のおかげだ。君達の戦いは人類にとって大きな助けとなった。褒賞を受け取るに値する功績だと思うが」

「俺達はただ、俺達の住んでいる小さな場所を守りたかっただけですよ。大陸を横断してまで返してもらうようなものじゃない」

「しかし……」

「それに、俺が欲しいものはすべてもう手に入れていますから」

俺はちらりと横を見る。

幸せそうな表情で俺の作った親子丼を食べているリット。

お礼のときはさすがに手を止めていたが、話がまだ続くとわかると我関せずといった様子で食事を再開していた。

「だって冷めたら勿体《もったい》ないし」

俺の視線に気がついたリットは、ニヘラと笑ってそう言った。

自分もお姫様だからか、サリウス王子に遠慮した様子がないのは流石だ。

「そうだな。お礼がしたいというのなら、まずはせっかく作った料理に集中してください」

「なるほど、確かにこれは非礼だった、この話はここまでにしようか。この料理のもっとも美味《おい》しい瞬間を逃したとあっては、ヴェロニアに帰れない」

そうして俺達は、しばらくの間珍しい料理を味わうことに集中することにしたのだった。

＊　＊　＊

2日後。

ゾルタン港区の桟橋。

北と東は巨大な山脈に阻まれるゾルタンだが、海を見ればどこまでも続くような青空が広がっている。今日は冬らしくない暖かな強い風の吹く日だった。

「うん、良い風だ」

リリンララが言った。

「レオノール王妃も2人のアスラデーモンも消え、我らの勝機は十分にある……が、レオノールに従っていた貴族達が今更素直に我らに従うわけもない。他国に嫁いだ王家の血を担ぎ上げ旧王復古を主張するだろう」

「戦いはこれからか」

「その門出の日が追い風だ。船乗りとしてはこの上ない吉兆だ」

リリンララは嬉しそうだ。

今日はリリンララとサリウス王子がゾルタンを旅立つ日。

すでに補給は終わり、最後に残った船員達が、別れを惜しむゾルタン人達の歓声と共に海に浮かぶガレー船へと向かっていった。

他国の人間からこのように歓声を浴びることになれていないのか、海賊のような風体の兵士達が、照れたり涙ぐんだり、貰《もら》ったハンカチを大事そうに抱えていたりしている。

そんな部下達を見るリリンララは苦笑していたが、眼帯の無い左の目はとても優しい色をしていた。

「ここはいい町だ、決して忘れない……達者でな」

　市長達と話していたサリウス王子が船に乗り込んだのを見て、リリンララも俺達に別れを告げて移動する。

　リリンララ達と会うことは、少なくとも魔王軍との戦争が終わるまでは無いだろう。

　もしかしたらもう二度と会うことも。ゾルタンは辺境なのだ。

「これで良かったのか？」

「ええ、これで良かったのよ」

　俺が振り返ると、ヤランドララと杖《つえ》を突いたミストームさんが穏やかな表情でそう言った。

「おそらく今ヴェロニアに行かなければゲイゼリクとはもう会えなくなるぞ」

「分かっているよ、でもいいんだ。私達は出会って、そして別れた……ずっと昔に終わった物語なんだ。今回の出来事は私やレオノールの過去を清算するためではなく、サリウス王子やゾルタンの未来のための戦いだった」

「確かにそうかも知れないな。ヤランドララはリリンララに挨拶しなくて良かったのか？」

「うん、リリンララとはまたいつか会えるもの。ハイエルフの寿命は人間よりちょっとだけ長いから」

「……そうか」

船が遠ざかっていく。もう叫んでも言葉は届かないだろう。

ミストームさんは「ふぅ」と息を吐いた。

「私の物語はこれで終わったんだね、なんだか実感が湧いてきたよ」

ミストームさんの声は、嬉しいような寂しいようなそんな響きがあった。

「あとは最初の一歩を踏み出す冒険者の背中をそっと押して導くような、そんなお婆ちゃんとしてゾルタンで暮らすことにするかね。パーティーも正式に解散、Bランクも返上して、Dランク冒険者ってことにしてもらおうか」

「救国の英雄がDランク冒険者になるのか」

「だってBランク冒険者が新人に交ざったらなんだか厭味《いやみ》ったらしいじゃないか」

「たしかになぁ」

ミストームさんは肩をすくめた。

「あー、あとね、なんだかあんた達の過去に関係するような話をレオノール達が言ってた気がするけど」

「……ああ」

ミストームさんは笑った。

「私は年寄りで耳が遠いから、何も聞こえなかったよ」

「そっか……ありがとう」

「よしとくれ、礼を言われるようなことはしてないさ。それを言うなら……」

それから少しうつむき、顔を上げると俺の目を真っ直ぐに見据える。

「ありがとうレッド。あんた達のおかげでゾルタンは救われた」

「俺達はただ自分達の住む町と手の届く友達を失いたくなかっただけだよ、全部自分のためだ」

「そうだね、でもゾルタンは小さな国だからそれで十分……」

ミストームさんが最初に出会った時より、少し老いたように見える顔で笑う。

「あとはお願いね」

ミストームさんは俺にそう言った。

サリウス王子とリリンララがゾルタンを離れた日、ミストームさんは正式にパーティーの解散をギルドに届け出た。

Dランク冒険者、〝ご隠居〟ミストーム。

彼女が大きな事件に関わることはもう無かったが、ゴブリンなどを侮って冒険に出かけようとする新人を引き止め、彼らの最初の冒険を手助けする姿を見ることができた。

その静かな晩年は幸せそうで、こういうのも悪くないと思えるようなものだった。

変わるものもあるが、俺達は守り抜いた元の日常へと戻っていく。

リットやルーティと一緒に。

＊　＊　＊

アヴァロニア王国軍所属。貨物帆船グレイヴァルチャー号。

雷鳴響く雨の中、船員達は慌ただしく戦闘準備に走っていた。

「弩砲《バリスタ》を並べろ！」

護衛のために随伴していた船はすでに囲まれ身動きが取れない。

拿捕《だほ》されるのも時間の問題だろう。

残る戦力はこの船だけだが、物資を満載しているため、このグレイヴァルチャー号の戦闘能力は迫る海賊船に比べて高くない。

「おのれヴェロニアめ!!」

船長のバハムート騎士団所属の騎士ジャミ卿《きょう》が敵の船に向かって叫んだ。

アヴァロニア王国が開戦に踏み切れないのをいいことに繰り返される略奪。

だが前線への物資が滞り、連合軍各国首脳陣の間にもヴェロニアに雇われた海賊の情報が伝わり始めていた。

「やつらめ、我々と戦争をするのが目的なのか」

ヴェロニア国内ではまだ連合軍に付くべきだという貴族達も少なからずいる。

だがそれも連合国が先に宣戦布告してきたとなれば、魔王軍側につくしかないだろう。

「だとしたら、なおさらここでやられるわけにはいかん！　なんとしてでも離脱するぞ！」

弩砲《バリスタ》から鋼鉄の矢が放たれる。

だが相手は海賊上がりの私掠船《しりやくせん》、海戦にかけては百戦錬磨の精鋭だ。

リリンララが排除されれば、彼らがヴェロニアの海軍を取り仕切ることになっている。

アヴァロニア王国軍の水兵達はつぎつぎに弩砲を放つが、敵の船は巧みに船体を操り有効打をかわしている。

「くそ……！　剣を抜け！　白兵戦になるぞ！」

ヴェロニアの船達はもう目の前だ。

だが白兵戦となれば、戦力で劣るこちらが勝つ見込みはない。

その時。

「船長！　後方から船が！」

「何!?」

船員の報告にジャミ卿は慌てて船の後方を見た。

雨の向こうから、巨大な影が近づいてくるのが分かる。

「あれはヴェロニアのガレー船!?　いつのまに回り込まれたんだ!!」

乱暴に引き出しを開けると、ヴェロニア産の葉巻を1本取り出し火をつけた。

「ふぅぅ」

リュブ枢機卿は、家系のどこかに巨人の血が混じっていると噂される程の巨漢だ。

枢機卿は大きな口から部屋の空気が白く汚れるほど大量の煙を吐き出した。

「あと一歩のところだったものを」

ヴェロニア王国との戦争は回避された。

絶大な権力を持つリュブ枢機卿でも、大義名分を失ってしまえば侵略戦争を求めるわけにはいかない。苦虫を噛《か》み潰《つぶ》したような顔をしながら枢機卿が葉巻を吸っていると、ノックの音が部屋に響く。

「リュブさん」

「ああ、ヴァン君。待っていたよ、入りなさい」

部屋に入ってきたのは10代半ば程の少年だ。

青を基調とする鎧《よろい》には、赤い勇者の紋章が刻まれている。

腰に佩《は》かれた剣は、勇者の持つべき降魔《ごうま》の聖剣。そのレプリカ。

レプリカとはいえ、教会に保管されていた英雄の剣を鋳潰して鍛造された、もっとも新しい人造の聖剣だ。その姿は、壁にかけられた先代勇者の姿によく似ていた。

「ヴェロニア王国との戦争は回避された、勇者としての旅立ちは延期だよ」

　枢機卿は吸いかけの葉巻を灰皿に押しつぶしながら言った。

「そうですか！」

「随分嬉しそうだね」

「すみません。ですが、人間同士で血を流さずに済んで良かったと思いまして」

　少年は慌てて弁明する。

　枢機卿は少年の素朴さに苦笑した。

　だがそうでなければならない。勇者は汚れていてはならないのだから。

「もちろんだとも。勇者の旅立ちのプランが台無しになったのは困ったことだが、君の言う通りこれは人類にとって喜ばしいことだ」

「はい！」

　少年はうなずいた。

「魔王軍という悪を前に人間同士で戦争なんて怠惰です」

「戦争が怠惰か」

「はい怠惰です、そして怠惰は罪です。人間の命はすべて魔王と戦うためだけに消費されるべきなんです。他の生き方も死に方も怠惰で無意味で無価値です。それがデミス神様のご意志ですから！」

　少年は曇りない瞳でそう叫ぶ。

枢機卿は満足げにうなずいた。

「それでこそ勇者だ」

勇者ヴァン。

枢機卿リュブが見出《みいだ》したもう1人の勇者。

ヴァンは敬虔《けいけん》な教徒だ。

教会の言葉を疑わず、至高神デミスの教えのためなら自分の命も他人の命も消費できる。

少年の輝く目を見て、枢機卿は素晴らしい人材を拾ったと心の中でほくそ笑んだ。

「その、リュブさん」

「なんだい？」

「ヴェロニアとの戦争が無くなったのなら、やはり僕もそろそろ魔王軍との前線で勇者の役割を果たすべきではないかと」

「慌ててはいけないよ。まずは力を蓄え、勇者にふさわしい力を得るのが先だ。聖典にも加護レベルを高めることは何よりの善行だと記されているだろう？」

「……はい」

「デーモンではなくヴェロニア王国の兵士達なら、加護レベルを高めるのに丁度いいと思ったのだけどね」

枢機卿の計画では、ヴェロニア王国との戦争に、教会の聖堂騎士達を引き連れヴァンが活躍し、加護レベルを上げつつ華々しく勇者として名乗りを上げるはずだった。

「だがこれもデミス様のご意志なのだろう」

不安そうな表情の少年を見て枢機卿は大きな顔に笑みを浮かべた。

「とはいえ、加護レベルを上げるためにモンスターと戦うのも終わりにしよう、君のために新しいプランを用意してある」

「プランですか！」

「今回のヴェロニアのゴタゴタは思わぬ機会を我々にもたらした。これぞ、デミス様の天啓であろうとも」

「天啓……それで、一体何をすればよいのですか？」

枢機卿は引き出しから地図を取り出し広げる。

「目的地はここだ」

「ここは……ゾルタン？」

「そう、ゾルタン共和国。ヴェロニアと戦争した辺境の小国だ」

「でもここは魔王軍との前線とは反対方向です」

「ここにヴェロニア王が暗黒大陸より持ち帰った魔王の船ウェンディダート号が座礁しているのだよ」

「魔王の船!?　リュブさんが話していた石炭で走る船ですか!!」

少年は未知の技術に目を輝かせる。

「そうだ。魔王の船を手に入れ、それを勇者の船とするんだ。鋼鉄の戦艦は兵士達を大いに勇気づけることだろう」

「でも座礁した船をどうやって」

「そのためには南のジャングルにいるベヒモスを倒し、ベヒモスの指輪を手に入れよう。だがその前にジャングルを進むため道案内のための妖精を探さなければならない。まずは情報の集まる交易都市セント・エンリケを目指そう」

枢機卿は冒険の概要を少年に説明した。

少年の顔は見たこともない土地と心躍る冒険の予感に表情を輝かせる。

「すごい！　楽しみです！」

「勇ましいことで何より。だがこれまで同行させていた私の部下達では今回の冒険には耐えられないだろう」

「皆さんとはここでお別れですか……」

勇者ヴァンの加護レベル稼ぎには、枢機卿の部下でもトップクラスの『ホーリーナイト』や『ハイプリースト』を用意したのだが……彼女達からすでに３人の犠牲者がでている。

ヴァンの相手が、短期間でそれだけ高レベルのモンスターになったということだが、いくら枢機卿とはいえこれ以上教会の兵力を失えば自分の立場を危うくする。

だから枢機卿は傭兵《ようへい》を雇うことにした。

枢機卿はカランカランとベルを鳴らす。

すぐに1人の女騎士が入ってきた。

流れるような黒い髪の女性だったが、その顔は仮面で隠されていた。

「勇者ヴァン殿、私はエスカラータ。あなたの冒険に同行することになった流浪の騎士だ、エスタと呼んで欲しい」

エスタの名を聞いてヴァンは驚き声を上げた。

「エスタ！　もしかして水の四天王アルトラを撃退したあの仮面の騎士エスタ様ですか!!」

魔王軍との戦いに突如として参戦した仮面の騎士エスカラータ。

素性は不明の傭兵だが、大陸中の英雄達が集う戦場で随一の活躍をし、総大将だった魔王軍四天王アルトラに重傷を負わせ退却に追い込んだ英雄だ。

世界中の君主からスカウトされているそうだが、彼女はそのすべてを断り一介の傭兵として戦いを続けていた。

「敬称はいらない、私はただの主《あるじ》なき騎士だ……ところでヴァン殿は、もしやフランベルク王国の？」

「僕をご存知《ぞんじ》なのですか!?　はい、フランベルク王国の第8王子ヴァン・オブ・フランベルクです」

フランベルク王国は大陸西岸に位置し、魔王軍に最初に滅ぼされた国だ。ヴァンはその最後の生き残り。国外の修道院で学んでいたため難を逃れたのだ。

「亡国の王子が勇者となる。これもすべて神のご意志なのだ、その慈愛に聖職者たる私も驚くことがある」

枢機卿も立ち上がる。

「さあ冒険の準備を始めよう。勇者、騎士、そして僧侶……先代勇者の旅立ちと同じ３人だ」

「僧侶？」

「もちろん私も同行させてもらう」

枢機卿はそう言って笑う。

「リュブさんが⁉」

「はは、私も昔は異端審問官として多くの悪と戦ってきたんだ。きっと勇者のお役に立てることだろう」

「とんでもない！　リュブさんが一緒に来てくれるなんて心強いです！」

勇者ヴァンは枢機卿リュブと騎士エスタの手を取って屈託なく笑う。

神の正義を疑わぬ亡国の勇者。野心と狂信に燃える枢機卿。

その2人を前に表情を隠す仮面の騎士。

(やれやれ、困ったことになった)

仮面の下で、エスタは内心困り果てていた。

*　*　*

エスタは1人、傾斜のきつい小道を抜けて宿へと戻る。

斜面に建てられた小さな宿は、一見小汚いが強力な魔術対策が施された異端審問官御用《ごよう》達《たし》の宿だ。

一般には知られていない場所だが、ここで育ったエスタはよく知っている。

エスタは無愛想な店主に一言声をかけてから部屋へと戻った。

「お帰りなさいエスタ。それで、枢機卿《すうききょう》の動きはどうでした?」

部屋で待っていたのは義手の剣士。

『ザ・チャンピオン』のアルベールだ。

「やはり情報は本当だった。枢機卿は勇者を擁し、ゾルタンへ向かおうとしている」

「では……」

エスタは腕を組んで眉間《みけん》にシワを寄せた。

「もしヴァン殿とルーティ殿が出会ってしまうことになればただでは済まんだろう、彼女達の為《ため》にそれは避けたい」

「そうですね」

「アルベール、悪いが君は我々より先にゾルタンへ向かってくれないか？　レッド殿に事情を伝えてほしい。帰国するシエン司教の護衛という名目であれば、別行動しても怪しまれないだろう。私は予定通りヴァン殿と行動を共にする」

「分かりました」

　アルベールは頷《うなず》いた。それから1つ質問をする。

「勇者ヴァンは本物の『勇者』でしたか？」

「分からん。私にはアレス殿のような〝鑑定〟スキルはないし、レッド殿のような超人的な洞察力と知識もない」

　レッドは動きを見ただけで相手の加護とレベルを言い当てるが、あれは他の人間には不可能な芸当だ。

「だが……強いな」

「エスタさんから見ても、ですか」

「あのリュブ枢機卿が『勇者』だと持ち上げるわけだ。私も軽く立ち合ってみたが……大型竜種を討伐したというのも本当だろう」

「それじゃあとっくに英雄級じゃないですか。なぜ魔王軍との戦場で戦わないんです？」

「枢機卿は加護レベルを上げるために勇者を戦わせているようだ。魔王軍との戦場ではどんな相手がでてくるか分からんからな」

「……なんというか俺の考える英雄とは違います」

「枢機卿の目的は『勇者』を援助して世界を救うことではなく、世界を救った『勇者』を援助したという実績だ。世界を救う最善ではなく、勇者が勝利する最善を目指しているのだろう、そういう考え方もある」

「作られた英雄というやつですか」

「だがヴァンが『勇者』と認められてまだ半年も経っていない、修行の期間としては十分短いよ……ルーティ殿と比べても成長速度なら上だ」

魔王軍との戦いで加護レベルを上げたルーティと、加護レベルを上げるために最適な冒険を用意されたヴァンとでは単純に比べられないが……それでもヴァンの成長速度は異常だった。

「ルーティ殿は出会った時から強さが完成していたが、勇者ヴァンはあれだけ強いのに精神も技術も発展途上だ、末恐ろしい」

今はまだ戦えばエスタが勝つだろう……だが。

「いずれ追い抜かれる、私では勝てなくなる。直接立ち合ってそういう予感がした」

「ならばやはり『勇者』なのでしょうか？」

「ただ精神性はルーティ殿と全く違う、ルーティ殿は人とは隔絶した部分があったが、ヴァンの思想はよくいるデミスの熱狂的信者だよ……それが私は不安に感じる」

あれほど『勇者』の加護を持つルーティと旅をしながら、エスタは『勇者』の加護について何も分からない。

「『勇者』が2人いるということは、これまでの記録にも伝説にも無かったことだ。もし『勇者』が出会ってしまったらどうなるか」

できればルーティには心穏やかに過ごしてもらいたい。

そうエスタは願っているが……。

「願ったところでデミス神は力を貸してはくれまい、ならば行動あるのみだ」

「そうですね、及ばずながら俺もできる限りのことはしますよ」

「ありがとうアルベール、君がいてくれて助かる」

勇者ヴァンがゾルタンにたどり着くのはまだ先のことだが、いつか必ずたどり着くだろう。

この戦いに満ちた世界は、今も『勇者』を必要としているのだから。

あとがき

この本を手にとってくださった皆様、ありがとうございます！　作者のざっぽんです。

皆様と一緒に読み進めてきたこの物語もついに７巻ですよ、７巻。

思えば遠くまで来たものです。７巻以上出ているシリーズとなると、錚々《そうそう》たる作品が並びますね。そんな中に私の物語も置かせていただくことができて光栄です。

１巻がレッドとリットがスローライフを始める物語。

４巻までが勇者が救われる物語。

５巻が別れた仲間との再会の物語。

そして６巻とこの７巻が、勇者が世界を救うことを辞めた後の物語になります。

ルーティは勇者の加護によって、世界を救うために自分の人生を犠牲にすることを強制されていましたが、解放され世界から勇者はいなくなりました。

ルーティにとって自分からやりたいと言ったわけでもない勇者でしたが、それでもルーティが勇者を辞めるということは、勇者が解決するはずだった問題がそのまま残るということ。今回のヴェロニア王国の騒動も、本来は勇者が、ヴェロニア王宮に乗り込んで解決するはずの問題でした。

ルーティが勇者を辞めたことは罪なのか。ルーティがゾルタンでスローライフするせいで多くの人間が不幸になってしまうのか。

世界の命運を背負えるのは勇者だけだとしても、もっと小さな国や、町や、家族の命運を背負う人はたくさんいる。それぞれの場所で皆が最善を尽くせば、勇者を犠牲にしなくても世界を救うことだってできる。

それがゾルタンという小さな辺境で起こった、たった1日の戦争の結果です。


さてレオノールとの戦いも終わり、8巻からの新章に入ると同時に、1つ新しいお知らせがあります！

皆様の応援のおかげで、「真の仲間」のスピンオフ小説を出すことが決まりました！

タイトルは『真の仲間じゃないけれど、妹勇者のため強くなることにしました』になる予定です。

本編では冒険を終えてスローライフをしているレッド達ですが、スピンオフはその旅立ちの頃の話。

〝最初は強いけど途中で外れる仲間〟の全盛期とも言える、勇者の冒険序盤の物語です。

今は最強の勇者ルーティも、旅立ちの頃はレベル1。

ただのお兄ちゃん大好きっ子で、しばらく離れ離れになっていたギデオンと一緒に旅ができて、ただ幸せを満喫しています。

勇者の旅は辛《つら》いことも多かったけど、ルーティが思う存分ギデオンに甘えることができた時間でもあります。ギデオンがルーティを守り、ルーティは世界のためではなく、ただお兄ちゃんと一緒にいるために頑張る。

スローライフはありませんが、純度の高い兄妹の物語になる予定です。

スピンオフという扱いですが、1巻のさらに前の話なので、本編を読んでいなくても問題なく読み進められる小説です。長期シリーズは最初から読むとなると気合が必要ですが、スピンオフならまずはこの1冊からと気軽に読み始めることができます。

コミカライズやドラマCD、オーディオブック、スピンオフ小説など、広がっていく「真の仲間」シリーズ、これからもどうかよろしくお願いします！

そして本編も次は8巻。

ヴェロニア王国との騒動が終わり、平和になったゾルタン。

季節は冬から春になり、夏に怠けるゾルタン人達も真面目に働く季節。ですが冬の間働いたレッド達は、森でのキャンプや田舎へ旅行などスローライフを満喫します。

次巻も楽しい物語になるよう頑張ります！

今回も、たくさんの方のご助力が欠かせませんでした。

どのイラストも良いのですが、騒動の終わりということで、特に表紙の雨上がりの開放感あふれるイラスト、本当に素晴らしいです。やすも先生ありがとうございます！

デザイナー様、校正様、印刷所様、この本にかかわったすべての方々。この本があるのは皆様のおかげです。本当にありがとうございました。

担当の宮川《みやかわ》様。ついに７巻ですね！

２桁巻数も見えてきました。２人で作った本が、たくさんの方に読んでもらえることが本当に嬉《うれ》しいです。ありがとうございます！

そしてこれからも、どうかよろしくお願いします！

最後に、この本を読んでくれたあなたに、この物語を届けることができて嬉しいです。

もし楽しい読書の時間となったのなら、作者としてそれ以上の喜びはありません。

２０２０年　とても静かな雨の日　ざっぽん

イラスト担当させていただいたやすもです。
今回も楽しく描かせていただきました！
今後もよろしくお願いいたします。

呼び声高い
次回予告
ギデオンのはじまりの物語――
完全書き下ろし外伝、始動!!

これは"史上最強"の
勇者・ルーティと、
導き手の兄・
「真の仲間じゃないけれど、妹勇者と一緒に旅立つことにしました（仮）」
2020年
初冬、発売
予定!!

真《しん》の仲間《なかま》じゃないと勇者《ゆうしゃ》のパーティーを追《お》い出《だ》されたので、辺境《へんきょう》でスローライフすることにしました7

著　ざっぽん

角川スニーカー文庫　22234

2020年7月1日　初版発行

発行者　三坂泰二

発　行　株式会社KADOKAWA
〒102-8177 東京都千代田区富士見2-13-3
電話　0570-002-301（ナビダイヤル）

印刷所　旭印刷株式会社
製本所　株式会社ビルディング・ブックセンター

◇◇◇

●お問い合わせ
https://www.kadokawa.co.jp/（「お問い合わせ」へお進みください）
※内容によっては、お答えできない場合があります。
※サポートは日本国内のみとさせていただきます。
※Japanese text only

Printed in Japan　ISBN 978-4-04-109659-8　C0193

★ご意見、ご感想をお送りください★
〒102-8177 東京都千代田区富士見 2-13-3
株式会社KADOKAWA　角川スニーカー文庫編集部気付
「ざっぽん」先生
「やすも」先生

角川文庫発刊に際して

角川源義

第二次世界大戦の敗北は、軍事力の敗北であった以上に、私たちの若い文化力の敗退であった。私たちの文化が戦争に対して如何に無力であり、単なるあだ花に過ぎなかったかを、私たちは身を以て体験し痛感した。西洋近代文化の摂取にとって、明治以後八十年の歳月は決して短かすぎたとは言えない。にもかかわらず、近代文化の伝統を確立し、自由な批判と柔軟な良識に富む文化層として自らを形成することに私たちは失敗して来た。そしてこれは、各層への文化の普及滲透を任務とする出版人の責任でもあった。

一九四五年以来、私たちは再び振出しに戻り、第一歩から踏み出すことを余儀なくされた。これは大きな不幸ではあるが、反面、これまでの混沌・未熟・歪曲の中にあった我が国の文化に秩序と確たる基礎を齎らすためには絶好の機会でもある。角川書店は、このような祖国の文化的危機にあたり、微力をも顧みず再建の礎石たるべき抱負と決意とをもって出発したが、ここに創立以来の念願を果すべく角川文庫を発刊する。これまで刊行されたあらゆる全集叢書文庫類の長所と短所とを検討し、古今東西の不朽の典籍を、良心的編集のもとに、廉価に、そして書架にふさわしい美本として、多くのひとびとに提供しようとする。しかし私たちは徒らに百科全書的な知識のジレッタントを作ることを目的とせず、あくまで祖国の文化に秩序と再建への道を示し、この文庫を角川書店の栄ある事業として、今後永久に継続発展せしめ、学芸と教養との殿堂として大成せんことを期したい。多くの読書子の愛情ある忠言と支持とによって、この希望と抱負とを完遂せしめられんことを願う。

一九四九年五月三日